Elfi Steickmann

Och dat noch

Bibliografische Information der Deutschen Nationalbibliothek
Die Deutsche Nationalbibliothek verzeichnet diese Publikation
in der Deutschen Nationalbibliografie;
detaillierte bibliografische Daten sind im Internet
über http://dnb.ddb.de abrufbar.

© 2019 Marzellen Verlag GmbH, Köln
Umschlaggestaltung: Mira Lob, Köln
Satz/Layout: Marzellen Verlag GmbH, Heike Reinarz, Köln
Druck: Theiss Druck GmbH, Österreich
Alle Rechte vorbehalten.
Printed in Austria.
ISBN 978-3-937795-62-1

www.marzellen-verlag.de

Elfi Steickmann

Och dat noch

MARZELLEN
VERLAG KÖLN

Elfi Steickmann – geboren 1947 – ist in Sachen kölsche Mundart eine feste Größe und aus der kölschen Kultur und von den Bühnen der Stadt nicht mehr wegzudenken. Als Autorin und Kabarettistin versteht sie es wie keine zweite das rheinische Gemüt zu beobachten, zu erfassen und wiederzugeben.

Ihr feines Gespür für den Zeitgeist ebenso wie für das Kuriose im Alltäglichen macht ihre Texte lesens- und vor allem hörenswert, denn Steickmann liest regelmäßig aus ihren Büchern. Dabei begeistert sie durch unverfälschtes Kölsch, wie es sich ein Lehrer Welsch nur hätte wünschen können.

Mit der Kabarettgruppe „Medden us dem Levve" erzählt sie seit über zehn Jahren von den großen und kleinen Abenteuern des Lebens und schafft es dabei immer wieder die Balance zwischen tragisch und komisch perfekt auszutarieren.

„Och dat noch" ist Elfi Steickmanns zehntes Buch – davon das neunte in kölscher Mundart.

Wat et he ze lese jitt

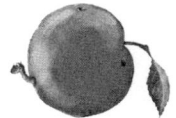

Wie et all aanjefangen hät...

Wie de Welt vum Herrjott jeschaffe woodt

Der ehschte Daach

Der Herrjott soß em All un wor am üvverläje: „Wie maachen ich bloß jetz wigger? Ich hann de janze Äd, alsu de Welt, erschaffe, hann all die große un klein Kontinente, et Land, wie Kochestöckelcher zorteet, öm de Weltkugel drapeet, üvvrijens et Wasser hatt ich och allt jemaat, un dozweschen jet Luff jeloße. Dä Jrund: Janz bestemmp fällt mer noch jet en, wat för späder wichtich ess.

Ävver jefalle, jefalle deit mer dat esu düüster un ohne Levve nit. Nirjendwo ess jet. Ich muss dat ändere!" Un der Herrjott stundt vun singem Wolkestohl op, räckten de Ärme en de Hüh un sproch: „Jetz weed et hell!"

Un, wat soll ich üch sage, et woodt hell. Janz wick kunnt mer en et All lore. Et Leech wor jenau richtich plazeet un maat dat bes dohin Düüstere fründlich un wärm.

Der Herrjott dät sich freue, ävver hä woss, immer Leech ess och nit jot. Dat deit einem aan de Auge wih, un mer muss jo och ens jet schlofe. Alsu deilten hä die Stunde op: Die hell Stunde däuften hä op „Daach" un die düüster Stunde op „Naach". Hä wor zofridde. Et sohch all jot us. Domet künnt mer jet aanfange. För der ehschte Daach hatt hä jenohch jedonn.

Der zweite Daach

Noh ner Mötz voll Schlof lorten der Herrjott am nöhkste Morje en et Leech. Herrlich, wann et üvverall hell ess. Ävver su janz ohne jet Färv wor et hellste Leech nor halv esu schön. Mer mööt jet dozo knuve.

„Wie wör et, wann ich all dat Helle un dat Düüstere öm mich eröm e janz klei bessje rund maache wöödt, noch jet Färv dozo, fädich." Un su hät hä dat dann och jemaat. Dat Jewölv hät hä op „Himmel" jedäuf, un sing blau Auge joven im de Färv vör, himmelblau.

Wie schön, dat mer hückzodachs off en ne wunderbare blaue Himmel
lore kann, met Wolke, die uns zeije, wie huh un unendlich hä ess. Un mer
weiß, durch die Wolke lort uns der Herrjott met singe blaue Auge mänch-
mol en der Köch beim koche zo. Der zweite Daach, jeschaff!

Der drette Daach

Morjens, nohm Opstonn, wor der Herrjott bejeistert, wie hell der
Daach aanfing un wie schön der blaue Himmel ussohch. Dat janze Land,
alsu all die Kontinente zosamme, krächten hück ehsch ens vun im ne be-
sondere Name: Äd, un dat Wasser drömeröm, wat et allt vun Aanfang
aan jov, heeß av hück: Meer. Noch wor et dem Herrjott he nit jenöhlich
jenohch. Wat dät fähle? Färve, vill mih Färve, un vill mih schön Saache,
die Bewäjung un Levve op de Äd bränge sollte. Der Herrjott jov sich aan
et zorteere, usprobeere, fabrizeere, knuve, experimenteere un....de Äd
wor op eimol bungk un jrön. Jrad bei de Bäum un de Blome hatt hä sich
öntlich jet entfalle loße. Et jov Laubwälder, Mischwälder, Trope- un Rän-
wälder, Dannebaumwälder un et jov och janz exotische Mangrovewälder.
Kiefere un Feechte, un, nit zo verjesse, die Nordmanndannebaumwälder,
die nit ens nodele. Dobei hatt hä domols allt aan de Chressbäum jedaach.
Su ess hä, unse Herrjott!

Die Blomepraach wor nit zo beschrieve un en Zick vun e paar Stündcher
däten dausende Zoote un Färve üvverall waahße, un noh un noh
woodten et luuter mih. Ne Jenoss för et Auch un för de Siel.

Met däm Satz op de Leppe: „Dat wor et, wat ich mer för hück vörje-
nommen hatt", schleef der Herrjott en.

Der veete Daach

Die ehschte drei Dach woren em Flohch verjange. De Äd bungk un jrön,
der Himmel blau... Der Himmel nor blau? ... Wie wör et, wann am Himmel
och allt ens jet mih Leech zo sinn wör? Wat dät et bess zo blau passe?
Prima wören die Färve jääl un jold, villeich noch appelsinefunke-orangsch.
Un su nohm der Herrjott singe größte Mölerpinsel, Uswahl hatt hä jenohch,

un molten zwei janz jroße runde Leechter en der Himmel. Ei Leech för der Daach, de Sonn, met jolde un jääl Strohle, mänchmol och e bessje aanjehauch vun der Appelsinefärv, die bes en de Unendlichkeit vum Himmel jingken, un ei Leech för de Naach, der Mond, un dä jet mih en jääl. Ävver dat wor em noch nit fing un hell jenohch för de Naach. Als Tüppelche för bovvendrop jov et noch en janze Häd klein Leechter dozo, de Stäne.

Wunderbar sohchen jetz Daach un Naach us, un der Herrjott wor ens widder met singer Arbeit zofridde.

Der fünfte Daach

Nohdäm der Herrjott die letzte Naach met Mond un Stäncher jenossen hatt, hatt hä morjens ne neue jode Enfall. En et Wasser un en de Luff, alsu quasi en't Himmelsblau, mööt jet Bewäjung kumme. Dat wat su schön jewoode wör mööt mer och benötze. Un hä frößelte klein un jroße Fesche, decke Herringe, fabrizeeten Krebse un Muschele un ander Wasserjedeers. Hingernoh erfreuten hä sich am Flöjelschlaach vum Adler un vum Albatros, vum Falke, Bussard, ävver och am Flöjelschlaach vun de Mösche, Krohle, Mäle, Nachtijalle, Unke un Duve. Immer widder komen im neu Enfäll un dat Jedeers en Luff un Wasser woodt mih un mih. Bejeistert reef der Herrjott: „Jetz lo't jonn un maat jet us ührem Fesch- un Vurrelslevve, domet de Luff un de Meere met üch un all dä Deere, die noh üch kumme, öntlich jet zo dunn krijje."

Dä, jetz wor der fünfte Daach och allt fädich. Dat dät jo fluppe wie am Schnörche. Naach zesamme, bes Morje.

Der sechste Daach

Allt fröh am Morje weckten der Herrjott Vurrelsjezwetscher. No jo, et wor zwor jet ärch fröh am Daach un et leevs wör hä met singer jöttliche Fott noch jet en der Fluhkess lijje jeblevve, ävver schön wor et doch. Si Jeheensschaaf wor am tirvele. Wat dät eijentlich noch fähle. Vill kunnt et nit mih sin. Langksam jingken im och de Enfäll us. Hä satz sich jenöhchlich op e Wolkemörche un leet jet de Bein baumele. Em Wasser un en der

Luff wor jenohch Levve, ävver om Land? Nix! Hä jingk noch ens en si Je-
heensschaaf, jenau aan die Stell, do, wo hä noch ne kleine Vörrot aan
Enfall hatt, un op eimol hatt et in jepack! Av jetz jov et Köh, Löwe, Aape,
Esele, Höhner, Zebras, Päder, Bäre, Kningcher, Hase, Jiraffe, Krokodile,
Hüng, Katze ävver och Raupe, Schnecke, Hunnichfleje, Ameise, Dressfleje
un Möcke, Band-, Spul- un Ränwürm.

Su, wann dat Jedeers sich jetz ens e bessje aanstrenge wöödt, jöv et
janz flöck vun jeder Zoot jet Kleins un su jingk dat dann op der Äd immer
wigger un wigger.

Jeschaff! Ävver schlääch wör et nit, wann hä jetz noch nen Däu su als
Krönung drop läjen dät. Et fehlten noch jet, wat e bessje wie hä wör, un
ratzfatz maat hä Minsche, ne Mann un en Frau, der Adam un et Eva. Die
zwei nohm hä sich dann zor Bruss. „Ich vertraue üch all dat aan, wat ich
en sechs Dach erfunge, jefrößelt, jebastelt un jeschaffen hann. Passt jot
drop op, denn, wann ehr jet kapott maat, jitt et nix Neus. Dat all jitt et
vun mir nor eimol.

Un jetz maat üch durch de Kood, ävver denkt draan... ich sinn et all."
Jet möd dät hä en singe hellije Bart jrummele: „Nä, wat wor dat för en
Woch. Wat hann ich all op de Bein gestallt! Do künnt sich mäncheiner
demnöhks en Schiev vun avschnigge. Jetz jitt et Mann un Frau, Fesche,
Landjedeers un Vüjjel, Blome, Wälder un Bäum, Wolke, Himmel, Meer
un Land.

Jung, wat ben ich kapott. Ich künnt e paar Dach Orlaub verdrage.
Schluss, un jetz denken ich ens wie Joldschmitzjung. Dat wor der sechste
un letzte Daach.

Morje, am sibbente Daach, maachen ich e Püüsje, do kann mich keiner
vun avhalde, un de Minsche maachen dat später och. Leever Jott, wat
häss do dat prima hinkräje! Leever Jott!? Ich sprechen allt met mer selvs,
ävver mer darf sich jo och ens lovve - noch ess jo keine andere do.

Alsu: Jung, dat häss do jot jemaat! Dat wor et!"

Der sibbente Daach

Am nöhkste Morje stundt der Herrjott op, lorten durch de Wolke op de Äd un dät sich zefridde jet sing kruse Barthörcher kraule. Hück, hück wor schleeßlich ne janz besondere Daach, ne Daach för sich jet zo räste, för ze fiere, doch ehsch ens för ze fulenze.

Janz jenöhchlich dät hä zoröck en sing Himmelsfluhkess krabbele för sich noch en zosätzlije Mötz voll Schlof zo holle. „Herrlich! Wunderbar", su daach hä. „Dat met däm Daach, wo de Zick jet stell steit, wor ne prima Enfall vun mir. Un aan die Rauh sollten sich de Minsche ehr janz Levve draan halde. Dat wör jot för de Jesundheit un för et Famillijelevve.

Mer künnt natörlich der Daach och richtich plane, dat keiner zo koot köm, för e Beispill: Morjens künnten se all zesamme en de Zehn- ov Elf-Uhr-Mess jonn, donoh jöv et för die Käls, alsu för all die, die nohm Adam kumme, ne Fröhschobbe, je nohdäm, wo se wonne, met e paar Jläser Kölsch, Schaubau, Jabeko ov met nem jode Jlas Wieß- ov Rutwing.

En där Zick künnten de Fraulück, de Enkelcher ov Urenkelcher vum Eva jet Soorbrode, jestuvte Murre ov e öntlich Hämmche koche, un öm ein Uhr sößen se dann zesamme meddaachs am Desch. Jot, de Käls wören jet ärch möd un de Fraulück däten jet vill schwade, ävver hingernoh noh nem Meddaachsschlöfje un bei ner jot Tass Kaffe wöödt der Ress vum sibbente Daach jenosse."

Der Herrjott wor stolz. „Su, dat wor et jetz wirklich, noch mih jeit nit. Jetz müssen se zorääch kumme", un met däm Jedanke schleef der Herr-jott endlich aan singem eije Fierdaach en.

Nä, hä kom noch ens en de Hüh un saat: „Eins hann ich verjesse, weil, bevör die Minsche dat en e paar dausend Johr als jode Enfall verkaufe, kütt dä Tipp jetz zoehsch vun mir:

Loss mer singe!"

Och dat noch –
Us dem janz normale Levve

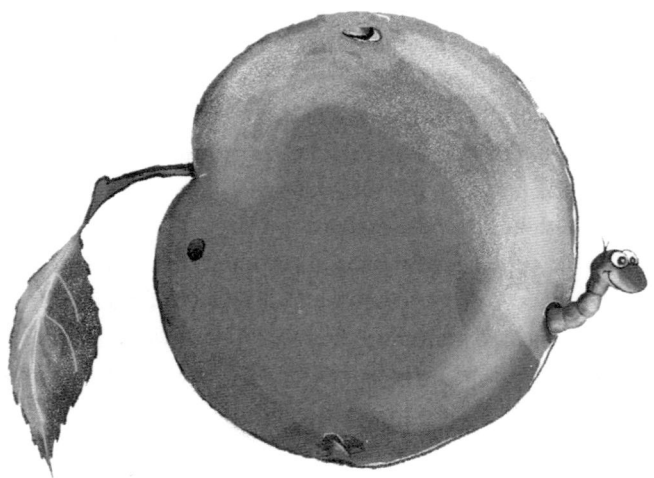

Blindschleiche litt mer

Mer hööt hück esu vill üvver „Entspannung", et Jlichjeweech widder finge, jet för de Siel un et Hätz dunn, der ennere Fridde söke un fasshalde, för sich met sich allein wohlzoföhle.

All die Enflöss vun usse maachen uns Minsche, su wie dat en nem Bereech beschrevve weed, maläzich, unräuhich, bedröv, iggelich un mänchmol och wödich.

Vun Fründinne un Bekannte hann ich jehoot, dat mer sich, wa'mer et richtich lihrt, met Yoga jot helfe kann, för de Levvenskraff un de Levvensfreud widderzofinge un, wat wichtich ess, die och zo behalde. Irjendwie hann ming Pänz dat metkräje un mer em letzte Johr aan Chressdaach ne Jotsching för ne Yoga-Schnupperkursus jeschenk. Jo, un do mer bal allt widder Chressdaach hann, moot ich jetz ens en der soore Appel bieße, minge jode Welle zeije un dä ahle Jotsching enlüse. Ich kunnt mich nit mih dröcke.

Aan nem Friedaachmorje ben ich pünklich öm 11 Uhr en der Yogaschull. Jetz, nohdäm ich mem Auto bes he herr üvver en Stund jebruch hann, söns fahren ich hühkstens zwanzich Minutte bes en et Veedel, hann ich jet Jots för ming Nerve brutnüdich. Neujeerich loren ich mich öm. Et sin nor Fraulück am Start un et Alder ess esu bungk jemisch wie die Fijore.Ich maachen allt bei de Opwärmübunge jet met, doch vill mih interesseet mich dat Verklöre vun der Frau Yoga.

Jede Übung weed ehsch vörjemaat un dann useneinposementeet, wat die zo bedüggen hät. Die Übung, die bal jeder kennt ess „herabschauender Hund". Bei jestreckte Bein, de Fächte fass om Boddem, de Fingere op de Yogamatt jedröck, weed der janze Liev jedehnt. Nix för mich, jot, ich dröcke de Fingere en de Matt, ävver nit bei jestreckte Bein. Ich fuschen jetz allt. Minge „herabschauende Hund" „schaut" nit, dä litt allt platt om Boddem. Ens lore, wat donoh kütt. Jot för der aanjeschlage Rögge un de Wirbelsül ess „die Kobra". Jrad bei Stress soll die Übung jet bränge.

Wichtich ess, Hals un Rögge nit zo vill zo strapazeere. Ich maachen eifach en janz klein Kobra, nä, et ess eijentlich mih en „Blindschleiche", weil ich mich vun der Matt op et Klosett schleiche. Nit bloß minge Rögge hät sich bei der janze Alterazijun jedehnt, och ming Blos dröck un sprich met mer.

Donoh volle Konzentrazijun, et kütt „der Baum". Ess jet för et Jlichje-weech. Dat ich kei hann, merken ich, wie ich wie ne jefällte Baum noh hinge ömkippe. Dat wor der „sterbende Baum". För en extra Porzijun Balangks ze übe jitt et „der Halbmond", en besonders kraffvolle Übung. Die Ärme huh noh bovve jestipp jlich dat bei mir mih nem Vollmond met Maue, die wie ahl Lappe winke.

Wat jetz aanjesaat ess, ess ihter jet för Könner. Alsu ehsch ens deef durchodeme. Et ess „die Krähe". Die Schinnbein lijjen bei där Posizijun op de Oberärm. Mer muss vörsichtich sin un oppasse, dat de Ohre nit zo noh aan de Scholdere aandocke. Ich loss die andere öntlich nit de Aap, doför ävver „die Krähe" maache. Bei allem heiß et räuhich odeme un Posizijun halde. Posizijun halde, wa'mer der Kopp unger de Bein ov de Bein usjestreck hingerm Kopp hät, erzeuch bei mir allt allein vum Zolore Hätz-kloppe un Schnappatmung.

Bei „dem Bogen", „dem Stuhl" un bei „ der Heuschrecke" klinke ich mich us. Ich mööch minge Boge nit üvverspanne, för dann verkeht om klapp-rije Stohl ze setze, öm do wie en Heuschreck ze wippe. Dat sin all kein Fijore för mich. Do muss ich mer för jet mih ennere Fridde un Jlichje-weech ze finge jetz selver jet helfe. Ich hann en neu Fijor erfunge: „ste-hende ältere Dame, jenannt die kurzlebige Blindschleiche", op einem Bein stonn un met beidse Häng aan Stohl un Desch fasshalde. Pass!

Am Engk vun der Stund weed dreimol Shanti jesunge: Shanti för Fridde, för der Liev, der Jeis un de Siel, Shanti för Fridde för sich selvs un Shanti för Fridde för de janze Welt. Dat wor „Yoga-loss-mer-singe".

Donoh noch veermol „ommm", fädich! Wiesu fädich? Fählt do nit noch jet, jrad he en Kölle? Wie wör et met nem janz höösche Shanti Alaaf???

Johreszigge

Et ehschte Jrön süht mer em Bösch
Un langksam kütt de Sonn.
Em Jade jitt et vill ze dunn,
Voll weed die jröne Tonn.
Et Fröhjohr hät sich aanjesaat,
Et blöt su mäncherlei.
Do weiß, jetz kütt ding Allerjie
Vun Määz bes su Engks Mai.

Der Summer määt sich breit em Land.
Der Jrill weed fresch poleet,
Nor för Vejaner ess dat nix,
Die sin spezijaliseet.
Em Orlaub flüch mer jän wick fott
Un hoff, mer kütt do klor.
För die paar Woche ohne Sorch
Spart mer et janze Johr.

Der Hervs ess do, bal unbemerk,
Och et Novemberloch.
Dann üvver Naach de Kälde kütt,
Der Ovve weed jestoch.
Nohm Winter fängk et widder aan,
Der Fröhling, fass em Bleck.
Doch nit verjesse, ehsch kütt noch:
Uns fünfte Johreszick!

Et jitt Käls, die för ze dräume

Vers 1
En der Täsch, do hann ich jrad, en kleine Hand voll Jeld,
Met dä paar Jrosche jonn ich jän op Reis en Sonn un Rän.
Ich höör' Musick, üvverall höör' ich Musick
Un dann weiss ich flöck, do ess et schön,
Villeich hät mi Hätz Jlöck.

Refrain:
Et jitt Käls, die för ze dräume un met denne mer jet deit.
Doch jet späder kütt die Frohch op, ov dat jetz su wigger jeit.
Et jitt Käls, bei denne schriev mer dann zom Avschied ene Bref,
Doch op eimol kütt dä Eine un de Leev.

Vers 2
Av un aan schlof' ich em Strüh, dat ess mi Himmelbett.
Mi Fröhstöck nemmen ich jän em Büdche aan der Eck.
Der ehschte Zoch am Daach ess der ehschte Zoch för mich.
Dausend Kilometer fahren ich, un söken dunn ich dich.

Refrain:
Et jitt Käls, die för ze dräume un met denne mer jet deit...

Vers 3
Ne Daach he un ne Daach do, ov Rauh ov Sorch, ich kumme klor.
Ich mööch all dat sinn, verstonn, dat ess der Senn vum Levve.
Ich hann mich off bei de Käls allt ens verdonn,
Un doch hann ich dat Jeföhl, dä Wäch zo dir muss ich jetz jonn.

Refrain:
Et jitt Käls, die för ze dräume un met denne mer jet deit...

Wann de Bein et nit mih dunn

Et Jerda ess allt Johrzehnte em Mütterverein. Mettlerwiel sin se all jet en de Johre jekumme un dunn sich langksam schwer, jedes Johr en neu Müttersetzung för et Dörp op de Bein zo stelle. Un do ben ich beim Thema: Bein. En all dä Johre hät et Jerda en der vereinseijenen Danzjrupp „De Dancing Queens jääl/brung Hermesbach-Niederdollenbusch vun 1999 e.V." metjedanz, un ejal ov Rock, Popp ov Samba, et hät immer jeflupp. Bes em verjangene Johr, do woodt dem Jerda de Luff beim Danze jet knapp, un it woll nit wie en flöjellahme Dancing Queen met dä andere Fraue op der Bühn stonn. Ende, Schluß, Finito! Eimol muss mer avtredde künne, öm för jung Fraulück Plaaz zo maache.

Alsu hät it noh der Sessijun singe Avschied jenomme, ävver de letzte Frauetuur woll et op jede Fall noch metmaache. Och wann de Bein et nit mih dunn, mem Bus e Törche noh Hamburg en e schön Musical un op der Feschmaat, dat woll et sich nit durch de Lappe jonn loße. Woss et doch vun de letzte Johre, dat zosamme met dä Wiever, och wann se nit mih neu wore, öntlich jet jebacke wor. Do künnt et widder ens optanke, sich e bessje wie en Ussteijerin föhle, för donoh widder voll un janz för de Famillich dozosin.

Noh langem Hin un Herr hatten die Fraulück ne Termin jefunge, aan däm se all kunnte. Jetz woodt all dat akribisch jeplant un ne Bus aanjemeet, dä die Bajaasch avhollen dät, för dann för veer Dach parat zo stonn. Jeld, en all dä Johr jesammelt, hatten se doför jenohch en der Vereinskass. Mer muss et schleeßlich och ens usjevve.

Aan nem Donnersdaachmorje sollt et loss jonn. All woodten se derheim avjehollt, ejal en wat vör nem Dörp, un dann av noh Hamburg. Die Avhollzigge hatten se besproche un en nem Plan fassjelaat. Et Jerda wor morjens öm zwei Uhr draan.

Naaks woodt der Fred, dem Jerda singe Mann, durch e komisch Jeräusch waach. Irjendwie e leich Bimmele un Klingele, e Summe, e Kloppe un dann

Rauh. Dat ess secher widder der neue Rauchmelder. Dat Dressdinge wor eifach ne Fehlkauf. Allt en der verjange Woch hatt dat verröck jespillt un zo de unmüjjelichste Daachszigge Radau jemaat. Nit allt widder. Der Fred hatt kein Loss op bläcke Föß en de Köch ze laufe. Jetz wor et jo och widder stell, hä laat sich op de Sick un fott wor hä. Noh jeföhlte zehn Minutte jingk dat Bimmele, Klingele un Kloppe widder loss. Koot bevör der Fred met öntlich Wot em Buch de Bein us der Fluhkess hatt, wor widder Dudsstelle. Zweimol jingk dat noch esu, dann wor Rauh. Et Jerda hatt dat janze Spill nit metkräje, nevven Frau Jattin künnt en Bomb enschlage.

Dudsverschreck woodt der Fred op eimol su jäjen fünf Uhr durch e laut Rofe un e Schöddele waach. Et Jerda wor ußer sich „Ich hann verschlofe, öm zwei Uhr wollten die Fraue mich doch avholle, jetz hàmer fünf Uhr. Wat maachen ich jetz?" Noch jet em Deefschlof nuschelten der Fred: „Rof doch ens ein vun dä ahl Dancing Queens aan un frohch, wat passeet ess un woröm se dich nit avjeholllt hann?" Opjerääch dät et Jerda aan singem Smartphon spille un hatt flöck et Jertrud, sing Fründin draan. Un die dät im wödisch en et Ohr blöcke, dat se all morjens öm zwei Uhr, wie avjesproche, en jeschlagene halve Stund vör der Döör jestande un sich de Fingere wundjeklingelt hädden. Ömesöns, un jetz wören se allt zo wick, för widder ömzefahre.

Et Jerda hat Trone en de Auge, sollt dä schöne Usflohch jetz allt am Engk sin? Singe koote Ussteijerdraum jeplatz? Der Fred hatt, wie allt off, nen Enfall. „Jerda, rof noch ens aan un frohch, wo de nöhkste Pinkelpaus ess." Em Stelle hatt hä e schlääch Jewesse. Dä Alärm wor nit vun de Rauchmelder jekumme, dat wor dat Klingele aan der Döör. Bloß nix sage, söns hatt hä ne Jeck am Hals. Mem Jerda wor em Augenbleck nit jot Keesche esse.

En der Zweschenzick hatt et Jerda die Info vum Jertrud, dat de nöhkste Pinkelpaus op nem Rasplatz en der Nöh vun Bottrop wör.

Un jetz kom Levve en die zwei. Unjewäsche, döför ävver em Stänekarjär jingk et en de Botz, en de Schohn, op et Klosett, en et Auto, op de Autobahn, et Navi aan un dann nor noch Jas jevve un fott. Jott sei Dank wor de Autobahn noch frei un se kunnten op der Üvverhollspor fleje.

Knapp fünf Minutte bevör de Dancing Queens op der Rasstätt aankome, hatten se et jeschaff. Met waggelije Bein dät et Jerda ussteije, jov dem Fred noch e Bützje un stolzeeten nohm Bus.

Wat die Fraulück im do all jesaat hann, weiß ich nit, ävver et Jerda hät sich zom Jebootsdaach ne neue Wecker jewünsch, eine dä mem Klingele ehsch ophööt, wa'mer dä aan de Wand wirf. Et nöhkste Ussteijertörche kann alsu kumme.

Wat soll allt sin...

Vers 1
Vör Woche hann se mer jesaat,
De Firma jeit bankrott.
Un minge Arbeitsplatz
Dä fällt janz eifach fott.
En mingem Alder ess dat su
Bal wie ne kleine Dud.
För ming Famillich schlemm.
Mer kumme jetz en Nut.

Un dann fröhchs do mich:
Mer süht dich kaum noch vör der Döör.
Woröm tricks do e Jeseech?
Wat ess bloß loss met deer?

Refrain:
Wat soll allt sin, wa'mer nit mih weiß, wie mer et schaff.
Wat soll allt sin, wann einem all dat fählt, hät kaum noch Kraff.
Wat soll allt sin, wa'mer nit mih fingk der räächte Wäch,
Wat soll allt sin,...un jetz mähs do e dröv Jeseech.

Vers 2
Zohuus ess nix mih wie et wor,
Et Jeld fählt üvverall.
De Pänz verstonn et nit
Dat Spare jetz der Fall.
Mer deit sich strigge Daach för Daach,
Die Angs uns Levve dröck.
Ov mer't noch ens packe?
Bes hück fählt uns et Jlöck.
Un dann fröhchs do mich:
Mer süht dich kaum noch vör der Döör.
Woröm tricks do e Jeseech?
Wat ess bloß loss met deer?

Refrain:
Wat soll allt sin, wa'mer nit mih weiß, wie mer et schaff...

Denk ens jet met mingem Kopp

Die Zick met deer wor wunderschön.
Zwei Stund' woren et hück.
Jetz stonn ich he vör minger Döör,
Denken dodraan zoröck:
Wat brängk et uns, wa'mer uns sinn?
Ne Augenbleck voll Jlöck?
Mer lort sich aan de janze Zick,
Als jöv et kei Zoröck.
Mer verzällt, wat all passeet
En der verjange Woch.
Doch üvver uns fällt keine Satz.
Wie lang schaff' ich dat noch?
Ich saach deer off, wie ich mich föhl,
Wie jän ich dich doch maach.
Su e Jeföhl, dat deit allt wih,
Weed stärker jeden Daach.
Sagen deer, dat do mer fähls,
Mööch dich nit nor för't Bütze.
Ich jöv jet dröm, hätts do för mich
Mih Zick, un däts die nötze.

Wann ich denk', denk' ich för dich,
Schleeßen dich immer en.
Wäje av, hann Dräum jenohch,
Doch weiß off nit wohin.
Un stellen ich ming Dräum deer vör
Jitt et nor Explizeer,
Nit eimol kom dä Satz zoröck:
„Mer jeit et su wie deer."
Do denks su nöchter un su hatt,
Bloß die paar Stund sin mir.
Wat do wells, jeit immer vör.
Et kütt nit mih vun deer.

Denk ens jetz met mingem Kopp
Un och met mingem Hätz.
Do häss mich usjesook vun selvs
Et ess passeet - wat jetz?
Die Saach, se ess allt schwer jenohch
För dich, för mich, för beidse Sigge,
Doch kann ich dat, wat uns verbingk,
Nit janz ohne Kopp bestrigge.

Ich weiß, de Zokunf ess jestreche,
Doch mänchmol ändert sich et Levve.
Soll dat, wat uns verbingk, och blieve,
Mööts do jet mih vun deer avjevve,
Mer jet mih entjäjekumme,
Nit sage, et hät keine Senn.
Mer muss sich och allt ens entscheide.
Hoff, dat ich för dich wichtich ben.

Ich denk su off met dingem Kopp
Verstonn ich dä och kaum,
Versöhk et ens met mingem,
Dat wör för mich ne Draum.

Fründschaff

Johrzehnte künne off verjonn
Un mer bemerk et mänchmol kaum,
Doch eijentlich ess dat ejal,
Weil uns Fründschaff hät ne Raum.

Se ess för uns e Stöckche Heimat.
Saach jän: Do bess e Deil vun mir.
En Sendepuus määt jar nix us,
Mer krijjen immer flöck de Kihr.

Hätzlichkeit, Wärmde un Laache,
Och Kummer hät bei uns si Rääch.
Su sammelt mer Erennerunge,
För späder un för düüster Däch.

Un ess mer dann en Zick zosamme,
Verzällt, wat zweschendurch passeet,
Dann weiß mer, janz ejal wat mangks wor,
Dat dat der andre int'resseet.

Mänchmol, do ess et nor ei Woot,
Mänchmol, do ess et nor ne Satz,
Dä hilf, de Auge opzomaache,
Zo sinn, et Levve ess ne Schatz.

Johrzehnte künne off verjonn
Un mer bemerk et mänchmol kaum,
Doch treffe du'mer uns em Hätz,
Denn do hät Fründschaff Plaaz un Raum.

Denk nit, weil ich blond ben...

Denk nit, weil ich blond ben,
Wöödt ich dat nit merke.
Denk nit, weil ich blond ben,
Hätt ich nix em Kopp.
Denk nit, weil ich blond ben,
Künns do allein mich lenke.
Denk nit, weil ich blond ben,
Wör ich och beklopp.

Denk nit, weil ich blond ben,
Dät ich deer all dat jläuve.
Denk nit, weil ich blond ben,
Fählt mer der Verstand.
Denk nit, weil ich blond ben,
Künnt ich nor dämlich laache.
Denk nit, weil ich blond ben,
Jöv ich deer de Hand.

Denk nit, weil ich blond ben,
Wöödt ich bei deer blieve.
Denk nit, weil ich blond ben,
Wör winnich mer jenohch.
Denk nit, weil ich blond ben,
Künns do et met mer drieve.
Denk nit, weil ich blond ben,
Wör ich och nit klohch.

Mähs en der Muckibud dich fit.
Do häss do flöck et Sage.
Drähs Achselshirts, am Buch jet spack,
Un jläuvs, do kanns dat drage.
Mähs jän „op decke Botz" dobei,
Springks üvver Desch un Stöhl.

Do meins, för mich wörs do dä King,
Merks nit, wie ich mich föhl.

Jrad weil ich blond ben,
Maachen ich dat met.
Jrad weil ich blond ben,
Halden ich met deer Schrett,
Jrad weil ich blond ben,
Spillen ich deer jet vör.
Ich hatt immer mih wie do em Kopp,
jetz lor, do ess de Döör!

Wä vun üch hilf mer op de Sprüng?

Ich weiß jo nit, wie et üch jeit, wann ehr en ör volljestopp Kleiderschaaf lort. Op jede Fall hann ich endlich ens jet op- un usjerümp. Wat sich do en de letzte Johre aanjesammelt hät, ess kaum zo beschrieve. Su voll jepack wie dat Schaaf ess, schaffen die janze Lavendeldöffsäckcher un Motte-kugele et eifach nit mih, dä ahle Möff zo üvverdecke.

Jot, mer hät jo immer e paar Baselümcher, vun denne mer sich nit trenne well, ävver mettlerwiel jitt et ming Kledaasch en drei Jröße: pass üvver-haup nit mih, pass jrad noch esu un pass noch – hoffentlich. Nä, ich dunn mich vun däm ahle, miefije, unnötze Krom trenne, ävver nor, wann ich jet, wat pass, als Ersatz finge. Tja, un wo mer jrad dobei sin... alsu ich söke janz ielich, bal allt en Nut, neu Kledaasch. Wä vun üch ka'mer dobei op de Sprüng helfe?

Wat ich janz nüdich bruche ess e neu Nervekostümche. Et mööt ävver jenau för mich jeniht sin, öntlich bungk un us nem Stöffje, wat sich jot dehnt. Mi ahl Nervekostüm hät leider e paar fiese, jroße Löcher, sin nit mih zo stoppe. Et ess met der Zick jries jewoode un usjeleiert wie der Jummi vun ner ahl Ungerbotz.

Wigge lange Puffmaue wören besonders jot, weil jeder öm mich eröm denk, ich künnt vun hück op morje all dat us de Ärmele schöddele, ejal wat et ess. Un, nit zo verjesse, jroße Täsche, jrößer wie die fröher. Dann kann ich dodren besser en Fuus maache, passeet mer hück immer öfter, ohne Angs ze hann, dat die Täsch rieß.

Wat mer allt lang fählt sin Sammethändsche. Ich dunn die ärch messe. De ming sin allt zick Johre verschlesse un kapott un mööten nüdich en der Möll. Ävver öm Joddes Welle kein wieße, die schmuddele vill zo flöck, söns mööt ich jo die Sammethändsche allt met Sammethändsche aanpacke.

Schohn, die jot passen, hann ich och kein mih. Dat all sin bloß Sitz- un Stonnschöhncher, kein Laufschohn. E Paar, wat mer aantrick un tireck pass, dat wör et. Dann bruchen ich mer nit mih jede Schohn aanzetrecke, dä irjendwo erömflüch. Dat Drage vun ander Lücks Schohn deit met der Zick verdammp wih. Muss ich mer hück nit mih aandunn. Villeich wör ne jroße neue Hot, aan dä ich mer dann e paar Saache steche kann, och jet wäät. Un sollt einer vun üch nen rusa Brell üvvrich hann, nemmen ich jän. Ming rusa Brell pass nit mih un verrötsch immer deefer un deefer. Noh un noh jingk die rusa Färv Stöck för Stöck verlore, un jetz sinn ich nor noch rut.

Janz, janz doll wör, wann einer noch e deck Fell messe künnt. Mi ess, janz ihrlich, mih wie dönn jewoode un ehsch hingen dat Deil vum Rögge! Dat ess vun däm janze Puckel erunderrötsche su avjenötz un avjewetz, dat et nor noch ne Hauch ess. Mer kann durchlore, wie durch Siggepapeer. Wa'mer der nöhkste der Rögge eravrötsch, „aus die Maus"!

Dat ess ehsch ens all dat, wat ich brutnüdich bröht. Halt, ne Jödel, ne Jödel met janz vill Löcher, domet ich dä bei Bedarf enger schnalle kann, nemmen ich och jän. Weed en de nöhkste Johre secher kumme. Doch bevör ich et verjesse: Hät einer vun der janze Bajaasch noch Jedoldsfäddem, winnich jebruch, erömlijje odder -hange? De ming sin all jeresse! Et wor en de letzte Johre eifach zo vill. Wä vun üch jet vun dä Saache, die ich bruche künnt, messe kann, däm danken ich allt jetz.

Üvvrijens, ich nemme die janze Saache, wann et nit anders jeit, och allt jet aanjeschlage. Haupsaach, ich kann die noch en Zick lang drage.

Stonn jrad en mingem Badezemmer un zorteer die ahl Krämpöttcher un bröckelije Leppestefte us. Do fällt mer op, ich künnt e paar Hoorkämm jebruche, künnen allt dä ein ov andere Zacke verloren hann, ejal, för mich langen die immer noch. Ich hann derer nor zwei un dat rick beim beste Welle nit mih, se all odder all dat üvver eine Kamm zo schere.

Ävver maat üch kein Ömständ. Et letzte Hemp bruch mer keiner zo jevve, dann versöken ich evvens wigger met dem ahle, avjenötzte Krom parat ze kumme. Nor, doht üch nit wundere, wann mer irjendwann der Krage platz, ich Kopp un Krage reskeere, vun de Söck ben un dann us der letzten ahl Botz springe, die ich hann. Dat mööch secher keiner vun üch erlevve.

Villeich flupp jo all dat noch

Wat ess dann üvverhaup de Zick?
Jet, wat mer nit rääch packe kann.
Se verjeit off wie em Floch,
Unbemerk, wie, wo un wann.
Mänchmal ka'mer se ens halde
Jrad för ne koote Augenbleck,
Doch dat all ess Illusijun,
Denn wie en Sanduhr läuf de Zick.
Weiß nit, wat se för mich noch brängk.
Et jitt noch mänches, wat mich lock.
Langksam dräng et un wä weiß,
Villeich flupp jo all dat noch.

Wör, ejal, trotz mingem Alder,
Em Apothekesonndaachsblatt
Jän ens et Playmate för der Hervs,
Ming Fründe wören secher platt.
Wie en Ballerina danze,
Dat künnt ich ens usprobeere.
Em XXL Tütü-Kostüm
Dät Schwanensee ich neu kreiere.
Wör jän noch ens esu jelenkich,
Wie als jung Mädche, ohne Ping,
Mem decke Zih bes aan der Kopp,
Met minger Höff, e Wunderding.
Em Corps vun all dä kölsche Funke
Mööch als Marie ich endlos schwevve,
Huh wie e Fedderche dann fleje.
Dä ärme Funk, dat wöödt jet jevve!

Hann ich dat all avjearbeidt,
Bliev eine Draum mer för et Levve:
Route Sixty Six op ener Harley
Met Voltaren Volljas ze jevve.
Doch ich ben och su zefridde,
Knack Murre noch met eije Zäng,
Doch hatt ehr Plaaz om Sozius,
Ich maach' mich klein, ejal wie eng!

Dat all et leevs en einer Woch –
Villeich flupp jo all dat noch!

Et Bess wör et, nit zo secher zo sin

Et wor ens widder öntlich spät em Büro jewoode. Der Drickes hatt ävver hück och en Häd Papeerkrom aan de Jäng un et letzte Diktat, ne wichtije Bref, dä hä singer Sekretärin, dem Helja, nem schwatzjelockte staatse Frauminsch, noch vör e paar Minutte met op der Wäch jejovven hatt, moot noch nüdich en de Poss. Noh knapp zehn Minutte hatt et Helja, zoverlässich un flöck wie immer, dä Bref allt jeschrevve. Et fählten nor noch sing Ungerschreff, dann künnt hä noh Huus jonn.

Wie vum Himmel jefalle soß op eimol et schwatzjelockte Helja op singem Schuuß un dät em jet der Nacke kräuele. Et woodt jenöhchlich, der Drickes spendeeten e Jläsje Schampus, wat hä immer parat hatt, un su komen se sich nöher un nöher. Zwesche dem zweite un drette Jlas Schampus maat em et Helja dä Vörschlaach, doch noch met zo ehr noh Huus ze fahre. Do künnt mer der schöne Ovend „jet nett" usklinge loße. För ze drinke stündt och jet em Köhlschrank.

Wie ne zwanzichjöhrige verliebte Schulljung maat hä all dat met. Beim Helja aanjekumme jingk et tireck zor Saach. Nor ei Jlas vun irjendjet un se floge zosammen en de Fluhkess. Su jung hatt hä sich lang nit mih jeföhlt. Hä woodt vum Helja vun räächs op links jedriht, kom sich vör wie neu jebore, singe Verstand wor em Jeheens usjefalle un vör luuter – wie säht mer „Extase" – wör hä bal noch vum Kleiderschaaf jesprunge. Unverhoots kom dann die Brochlandung zoröck en't normale Levve, un der Drickes kom en Raasch. Allt ein Uhr naaks! Wie sollt hä dat singer Frau verklöre?

Flöck de Klamotte aanjetrocke. Koot bevör hä durch de Döör jingk, drihten hä sich noch ens öm met der Frohch aan et Helja: „Häss Do e Stöckelche Krick?" „Wat dann för en Krick?", et Helja kom nit mih met. „Janz eifach, e Stöck Krick, wat mer för en Schiefertafel bruch."

Noh kootem Üvverläje stundt Helja us der Fluhkess op, trook en der Köch e Schoss op un do lohch verhaftich noch e klei Stöckelche. Met nem danke wor der Drickes durch de Döör.

Zo Huus aanjekumme soß sing Frau, wie hä et sich jedaach hatt, em Sessel. „Saach, wo küss Do su spät herr?"

Jo, un wat maat der Drickes, hä verzallt singer Frau die janze Wohrheit:

„Et wor widder ens em Büro ärch spät jewoode, ming Sekretärin, et Helja, ess mer op der Schuuß jesprunge, mer hann jet jeschmus un uns jet jebütz. Wie mer et nit mih ushalde kunnte, si'mer nohm Helja noh Huus jefahre, hann öntlich jet aan Schampus jetank, sin en de Fluhkess jefalle un hatten do „tierisch heißen Sex", e paar Mol. Et wor eifach doll un deshalv ess et esu spät jewoode..."

Dem Drickes sing Frau dät sich vör Laache schibbele un et Spreche feel ehr schwer: „Do Drickes, Do? Do bess un blievs ne ahle Strunzbüggel. Do wors käjele. Do häss jo noch der Ress vun der Krick hinger'm Ohr."

Enfäll muss mer hann!

Maach de Auge zo

Der Krämers Schmal, ne staatse Kääl,
Ne Fuss, wie us dem Bohch,
Hät immer neu Idee,
Hä ess jewetz, nit klohch.
Hät üvverall de Fingere dren,
Deit och allt ens bedrieße
Schüss mänchmol üvver't Ziel erus
Jläuv, hä künnt all dat rieße.
Beim Huuskauf weed jeklotz.
Hä määt op decke Botz.
Sing Mamm mahnt: Dat do nie verjiss
Wo do ens herrjekumme bess.

Der Krämers Schmal, nit mih janz neu,
Schaff all dat, wat hä well.
Decke Autos, Motorjaach,
Hä denk, dat wör e Spell.
För Fründe ess hä nit mih do,
Die dunn en doch nor quäle.
Leever käuf hä sich e Pääd,
Dat deit zom Jlöck em fähle.
Hä deit sich aan nen Däu,
Verzällt de Lück nor Käu.
Sing Mamm mahnt: Dat do nie verjiss,
Wo do ens herrjekumme bess.
Se jitt em met op singem Wäch,
Wat sei allt lang bewääch:

Maach de Auge zo, wat do dann sühs, ess dir.
Häss do och vill Jeld, Erfolch un küss zo Ihr.
Di Pääd, di Huus, ding Motorjaach -
Nix dovun nimms do met.
Maach de Auge zo, wat kumme soll, dat kütt.

Jitt et en Lüsung?

Der Hückelhoven setz em Jade,
Zoröckjelähnt em Lijjestohl.
Hück ess et he stell un jenöhchlich.
Vum Nohber kütt nit eine Ton.

Nit ei Jeräusch vum Rasemiher,
Kein Heckeschier määt he Radau.
Dat Dinge, wat de Blädder fottblös,
Litt och em Schlof un hät sing Rauh.

Der Nohber schingks ess nit derheim,
De Schalusie sin noch zo.
Villeich ess dä en Reechtung Norde,
Süde odder anderswo?

Der Jrill steit janz verwais em Höttche,
Keine Qualm am fröhe Morje,
Un och die Düngekar för Dress
Määt em unjeföllt kein Sorje.

Kei Foßballspill em Radio,
Kein Marschmusick, die söns erschallt,
Kei Jeschwadts üvver de Bretz,
Kei Rofe, ov et Bier ess kalt.

Der Hückelhoven määt e Nörche.
Di Rauh ess för en wie ne Draum.
Vum Nohber kann hück nix mih kumme,
Dä litt verschnört em Kofferraum.

P.S. Et jitt immer en Lüsung!

Och dat noch –
Nä, wat et all jitt

Mer kann doch ens jet jletzere

Schön ess et för uns Fraulück nit vun Jugend aan, mehschtens eimol ov zweimol em Johr bei der Frauearz zo jonn. Dat ess en Saach, die mer su jot ligge kann wie Zantping. Ich muss üch dat secher nit jenauer verklöre. Mer versöhk dann en Zick lang eifach nit draan zo denke, deit dä Besök jet erus trecke, ävver irjendwann muss mer dodurch.

Su jingk et och die janze Johre dem Inge. Dis Woch hatt et ne besondere Termin: „Vorsorgeuntersuchung", Vörsorch för all dat, wat ungeneröm aan Malätzichkeite passeere künnt, janz fröh zo erkenne.

Der Termin wor am späde Vörmeddaach, un et Inge kunnt noch en Häd erledije, wie enkaufe, oprüme un et Dööchterche en de Schull bränge. E janz klei bessje hatt et sich bei der Schlaachters Frau verquaselt, wat Fraulück allt ens passeere kann, un jetz moot et sich jet zaue.

Noh wor dä Dockter nit jrad öm et Eck, alsu em Stänekarjär noh Huus, sich öntlich ungeneröm jepuddelt, schleeßlich mööch mer jo bes en jede Retz „hygijenisch" propper sin. Praktisch, dat allt ne Wäschlappe am Wäschbeckerand parat lohch. Dä jenomme, all dat sauber poleet, dat mer „präsentabel" ussohch, dä Wäschlappe flöck en der Wäschkorv, domet dä keinem andere en de Häng feel, en et Auto un fott. Et Inge kom bal jenau op de Minutt aan un broht nit lang zo wade. Dat janze Proze-dere wor em jo bestens bekannt. Erop op dä widderlije Stohl un do kom der Dockter och allt eren. Jetz nor noch aan de Deck lore un aan jet Schöns denke... villeich aan e neu Kleidche, e Paar neu Schohn ov e Stöck-che Schwatzwälder Kirsch. Wie söns, wor der Dockter fründlich, et Inge woodt ungersook, all dat hatt sing Odenung, ävver et wor doch jet ver-basert un scheneerlich, wie der Dockter op eimol zo em saat: „Na, meine Liebe, da haben wir uns aber heute ganz viel Mühe gegeben."

Et Inge jov kein Antwoot, wor fruh, dat dat janze Spill vörbei wor un fuhr noh Huus. Der Ress bes en der fröhe Nommedaach maat et derheim sing Fraulücksarbeit wigger. Noh der Schull kom et Dööchterche, zoehsch woodt jejesse, dann maat dat Klein sing Schullaufjabe un donoh dät et sich en et Badezemmer verdröcke, för jet met Wasser erömzespille.

Op eimol reef et wödich: „Mamm, wo ess minge Wäschlappe?"

„En der Wäsch", reef et Inge zoröck, „nemm der ne neue, mer hann doch jenohch!"

„Mamm, dat jeit nit, ich bruchen jenau dä, dä am Wäschbecke lohch. Ich hatt dodrop ming janze klein Jletzersteincher un -stäncher zorteet. Die bruchen ich jetz nüdich för ze bastele."

„Na, meine Liebe, da haben wir uns aber heute ganz viel Mühe gegeben." Do hatt der Dockter verhaftich en der Stänehimmel jelort.

Wat maache mer jetz mem Jupp?

Dat de Leev nit mih för en Iwichkeit hält, ka'mer en der eije Famillich, em Fründe- un Bekanntekreis un en der Nohberschaff hückzodachs off jenohch erlevve. Un villeich ess et janz jot dat mer, wa'mer et zosamme jar nit mih ushalde kann, besser tschüss säht. Mer hät schleeßlich nor ei Levve.

Der Jupp, ne Schmecklecker un Scharmeur us der Nohberschaff, hät sich jrad vun singer Frau, dem Heidi, jetrennt un scheide loße. För et Heidi ne schwere Schlaach, weil et immer noch aan singem Jupp hängk, ejal wat en de letzte Ihejohre mangs wor. Der erwahße jemeinsame Jung, der Jan, hät natörlich sing Eldere allebeids jän un versöhk se jlich zo halde. Met der Zick hät sich et Heidi us singem ahle Levve freijeschwomme un e neu, nit mih en der Nöh vum Jupp, jetz jet mih em Süde, aanjefange.

Der Jupp hät et Jungjesellelevve widder opjenomme un määt de Frau-lück schön Auge. Schön Auge määt im och et Jerda, e staats Frauminsch met öntlich jet aan de Föß. Un noh ner Zick söken die zwei sich zesammen en jroße Wonnung. Der Jupp jeit nit mih su vill op Sträuv, villeich määt hä et jet unopfällijer wie fröher, un et Jerda ess knatschjeck op singe jot jebaute neue Mann. Aan Hierot weed nit jedaach, et flupp och ohne wunderbar.

Der Jupp weiß et Jerda zo nemme un dankbar, wie it ess, ess it och met singe Nüsele jroßzöjich. Et erföllt dem Jupp su mänchen Draum: en klein Sejeljaach, e neu Auto, schön Ferie op der ander Sick vum Jlobus, un noh ner Zick kritt hä sujar Vollmaach üvver et Bankkonto vum Jerda. Die janze Zick liet hä sich nix zo Scholde kumme, un et Jerda hät verhaftich keine Jrund, sich fies Jedanke zo maache, ußer, dat av un aan et Heidi, die „Verflossene" immer widder ens aanröf, för mem Jupp jet üvver ahl Zigge zo schwade. Un dä Kontak bliev üvver all die Johre bestonn.

Wie et em Levve no ens jeit, all dat kann sich flöck ändere. Koot för Hellichovend jitt der Jupp janz unverhoots, ohne en Malätzichkeit, der

Löffel av. För et Jerda ne janz schwere Schock un et kann dem Jan, dä natörlich och öm singe Papp troort, nor sage: „Ohne minge jode Jupp kann ich nit mih levve. Hä muss winnichsten och em Dud janz en minger Nöh sin, domet ich en besöke kann, söns dunn ich mer jet aan." Dat Jliche hööt der Jan vun singer Mamm. Och et Heidi kunnt der Jupp, weil et de ehschte Leev vun ehr wor, nit verjesse un litt dem Jan en de Ohre, dat it als ehschte Frau un dozo sing Mamm, e Vörrääch hät, dat der Jupp en sing Nöh köm.

Dem Jan wähß dat all üvver der Kopp. Hä mööch sing Mamm ävver och et Jerda nit vör der Kopp stüsse, allebeids woren se em jot un allebeids hatten se der Jupp, dä Föttchesföhler, ärch jän. Hä höllt sich Hölp beim Baas vum Beerdijungsinstitut, dä de Famillich allt zick Johre kennt, un sök met däm zosamme noh ner Lüsung.

Noh de Chressdäch jitt et deef em Süde e schön Urnebejrävnis, un de Mamm, et Heidi, ess zofridde.

Em Köhlraum vum Beerdijungsinstitut steit zick däm e unscheinbar klei Ürnche ohne Name un wadt op sing neue Heimat, un der Jan mööch nit wesse, wat se en Frankfurt för e Häufje Äd verjraven hann.

Mem Jerda hät hä üvver die neu Zituazijun jesproche. Dat ess jlöcklich, mööch ävver jetz ehsch ens sing Finanze rejele, donoh künnt mer met jet Klüngele em Fröhjohr dem Jupp he e schön Pläätzje söke.

E paar Dach späder steit et Jerda beim Jan en der Döör. Wödije Auge bletzen en aan un vör luuter Raasch kann it kaum spreche. „Wo sin ming Finanze??... Ich hann jar kein Finanze mih. Et jitt kein Sejeljaach mih, et Auto ess fott, un mi Bankkonto ess en de Miese jerötsch. Kein Ahnung, wat der Jupp met däm janze Jeld jemaat hät." Et Jerda ess wie vör der Kopp jestosse, soor, pleite un kann dem Jan nor sage: „Ich well dä Jupp, dä mich esu bedressen hät, nit mih en minger Nöh hann. Do kanns met däm maache wat do wells." Der Jan fingk kein Wööt, hä hät vun däm janze Schlamasel nix jewoss, ävver Vatter bliev Vatter? Wat maache mer jetz mem Jupp? Noch steit der Jupp jot opjehovve em Köhlraum, wo hä eijentlich jar nit mih stonn dörf. De Monde jonn en et Land. Et ess allt widder Hellichovend un et neue Johr steit vör der Döör. Alle paar Woche röf der Mann vum Beerdijungsinstitut aan un fröhch, wann hä der Jupp endlich ens quitt kritt. Dat Deckeldöppe määt em langksam jet Buchping.

Mer hann allt widder Fröhjohr, de Bäum sin endlich jrön, de Vüjjelcher zwetschere, der Rase ess fresch jedüng un em Jade vum Jan fällt einem dis Johr e wunderbar neu Blomebeet met Verjissmeinnich besonders en et Auch.

Draumjob

Ich bruche keinen Aanzoch,
Kein Scheckkaat un kei Jeld.
Ne Blaumann, e Paar Arbeitsschohn,
Dat langk en minger Welt.

Kann he met jedem schwade,
Verzäll wat mich bewääch,
Keiner ess do, dä mich stört,
Dröm hann ich immer Rääch.

Denk einer jetz, dat wör nix,
Däm fählt de Phantasie.
Maach Arbeit kreativ am Minsch,
Doch dat deit keinem wih.

Ich hann ne Draumjob, allt zick e paar Johr,
Ben jeden Daach em Jrön.
Ich ben Kirchhoffsjädner vun Berof
Un dat, un dat, dat fingen ich su schön.

Ens eimol waach wäde wie em Film

Et jeit doch nix üvver ne jenöhchliche Ovend vör der Äujelskess.

Nit, als wann ich do off Zick för hätt, ävver mänchmol, wann ich der Daach üvver all dat, wat mich stört, aan de Wand klätsche künnt, nix jeflupp hät, mi Nervekostüm aan nem Sigge Ködche hin un her titsch, loren ich en et Projramm un söke mer jet för et Hätz. Uswahl hät mer jo jenohch dank dä Schössele, Kabele un Satelite. Op einem vun dä üvver fuffzich Projramme läuf immer jet för zo dräume un zo kriesche, un dat bruchen ich jetz, et bess jet vum Rosamunde Pilcher.

Wann ich dann jet zo knibbele op der Desch stelle, en Fläsch Wing opmaache un en Packung Papeertäschendöhcher parat läje, weiß mi Hätzblättche, wat et Ührche jeschlagen hät. Met deckem Hals setz sich minge Mann met mer op et Kanapee un ess noh e paar Minutte allt am schlofe. Dat ess mer ejal, dann kann ich dat Drama winnichstens ohne sing verdötschte Zweschenbemerkunge jeneeße.

Dä Inhalt vun dä Filme ess bal immer jlich, entweder mer trennt sich un kütt noh Irrunge un Wirrunge widder zosamme, odder mer ess allein, fingk si Hätzblättche un muss sich trenne, weil de Famillich it nit ligge kann. Et jitt ävver noch en Steijerung: Se söke sich, finge sich, Levve zosamme, un koot bevör der Mann jewahr weed, dat si Leevje en ander Ömständ ess, stirv hä. Dat sin dann ävver och die Filme, bei denne ein Packung vun dä Papeertäschendöhcher bei meer nit reck.

En all dä Filme jitt et ein Szen, die ich besonders jän sinn: morjens, wann die zwei, die sich jän hann, waach wäde, sich en de Auge lore un sich allt widder jot ligge künne.

Keiner vun denne zwei süht verschlofe us. Dä elejante Punjel vun der Frau hät kein Krünkele, jenau esu wie ehr Jeseech. Et „Rouge" ess aan de richtije Plaaze, de Wimpere sin lang, schwatz jefärv, de Lippe leich op, se jlänze zaat. All dat andere ess straff un jlatt, wie fresch jebüjelt.

Der Mann, natörlich met dem Brusskaste wie us nem Body-Bilder-
bohch, met e paar schwatze Hoor, wie mer et jän süht, streck si durchträ-
neet Bein us der Fluhkess, reck singe sportlije corpus delicti, un och dat
Botzebein vum Schlofaanzoch, wann hä hückzedachs üvverhaup noch eine
aanhät, süht us wie jestärk un jot jemangelt. De Frisor, och ohne Kämme,
sitz! Un dann falle Mann un Frau sich en de Ärme, laache sich aan, un et
Schmuse un Knutsche jeit allt widder loss... morjens, en aller Herjottsfröh,
ohne sich de Zäng zo putze!

Alsu, ich hann allt en jroße Fantasie, kann vill nohföhle, verstonn un
och metdräume, ävver bei su en Szene kummen ich nit mih met. Ich lore
mer dann minge Mann aan, dä stell am schnorkse ess, un stelle mer vör,
wie et bei uns wör! Mi Naakshemb, Baumwoll pur, hät allt noh ner halv
Stund Falde, ming Hoore stonn noh sechs, sibbe Stund Schlof op Stippe,
un mi Jeseech künnt morjens jot en Antifaldekräm jebruche. Bei mingem
Augestän süht dat och nit anders us un sing Brusshoore, die met der Zick
jet jries jewoode sin, loren unger dem knuddelije Bovverdeil vum Schlof-
aanzoch nit jrad wie fresch jefönt durch et Knopplohch. Ußerdäm hät
mer doch noh ner janze Naach voll Schlof allt ne jet eije Körperjeroch,
ejal ov mer sich ovends jedusch hät ov nit. Jede jesunde Minsch deit naaks
jet schweißte, un wa'mer am Ovend vörher noch jot jejesse hät: Knuflauf
un Olive, Soore Kappes met Hämmche, ne Halve Hahn ov bloß en Bot-
terramm met Fleutekies, dann kummen noch e paar ander Döff dozo, un
trotz jeputzte Zäng rüch mer morjens jet avjestande us dem Hals.

Met su ener Döffpalett öm mich eröm künnt ich nit schmuse. Die Wun-
derzantkräms us der Werbung, die einem – theoretisch – e Fröhlings-
döffje us dem Hals üvver zwölf Stund jaranteere, hann ich allt all
usprobeet. Bei meer wor der Döff noh zwölf Stund mih wie su en Aat
Helloween, Hervs un Erntedank en einem.

Schadt, mer darf et eifach nit all jläuve, wat se einem versproche, et ess
nit ech, jenau esu wie dat Blot en de Cowboy-Filme, wat us der Tomate-
saff-Fläsch kütt odder dat Hoorspray, wat bei Wind un Wedder der jan-
zen Daach en jot Frisor jaranteet. Allt widder ne Draum winnijer, un selvs
et Kriesche ess donoh nit mih dat, war et fröher ens wor.

Mer sollt och jünne künne, söns ...

Am ehschten Daach noh der Scheidung dät et Hannelörche mih wie be-
dröv un unger Trone si janz Levve en Kartongks, Koffere un Körv enpacke.
Am zweiten Daach kom die Firma, die dä Ömzoch orjaniseet hatt un dät
die verpackte Saache ohne vill Jedöns avholle un verstaue.

Am dretten Daach satz et Hannelörche sich et letzte Mol aan dä antike,
schöne Essdesch, hoot sich die Musick aan, die im et leevs wor, Klassik, un
maat et sich met ner Fläsch Schampus un je einer Dos met Kaviar, Sardine
un Shrimps noch ens op däm döre, modäne Kanapee richtich jenöhchlich.

Wie et met singem janz spezjelle Avschied endlich fädich wor, nohm
it all die aanjebesse Shrimps, der Ress vum Kaviar un vun de Sardine, jingk
noch ens durch jedes Zemmer un stoppten dat fiese Jemangks en et Engk
vun der Jadingestang em Wonnzemmer. Donoh maat et de Köch sauber
un jingk us dem jemeinsame Huus en si neu Levve.

Am veeten Daach kom der Exmann met singer neu Fründin en dat
Huus zoröck un bei denne zwei wor nor noch Jlöck aanjesaat.

Un dann fingk et langksam em Huus aan zo stinke...

Se hann, wat müjjelich wor, versook: putze, schrubbe, lüfte, un janz vill
ahle Krom woodt uszorteet. De Teppiche woodten för dör Jeld met
chemische Putzmeddelcher vun räächs op links jedriht un sujar noh dude
Müüs un Ratte hann se jesook. Freschluffzerstäuber woodten en jedem
Zemmer enstalleet, un der Kammerjäjer hatt en janze Woch lang jede Eck
em Huus em Auch. Nix woodt jefunge. Jetz kom och noch der Teppich-
boddem op der Möll, ävver et woodt eifach nit besser.

Mettlerwiel blevven de Fründe fott. Et kom üvverhaup keine Besök mih.
Et fungk sich kaum noch ne Handwerker, dä en däm Stinkhuus werkele
woll, un och de Putzfrau hatt jekündich. Am Engk heelten die Freschver-
liebte dä Jestank selvs nit mih us un hatte beschlosse, dat Huus zo ver-

kaufe. Ävver wä woll su e Stinkhuus hann? Keiner! Em janze Veedel hatt sich dat allt rundjesproche.

Nohdäm se e paar Mond versook hatte, dat Dinge aan der Mann ze bränge, blevv enne nix andersch üvvrich, wie der Pries op de Hälfte eravzosetze. Och dat braht keine Käufer, un de Immobilijemakler schmessen et Handdohch.

Met deckem Hals nohmen se ne döre Kredit bei der Bank op, för sich e neu klei Huus ze kaufe.

En der Zweschenzick wor bal e janz Johr verjange, Chressdaach stundt vör der Döör un et Hannelörche, wat jenau woss, wat jelaufe wor, dät sich jet schinghillich am Tilefon erkundije, wie et neue Levve bei singem Ex esu leef. Janz us dem Hüüsje verzallt hä vun singem stinkije Albdraum.

Et Hannelörche dät e bessje op bedröv spille, saat ävver, dat it su e Heimwih noh däm Huus hädden, dat im dä Jeroch secherlich nix usmaache wöödt. Wann hä im dat Huus jünstich verkaufen dät, wör it nit mih bedröv, un hä hädden sing Stinkbud fott.

Natörlich daach dä Ex, dat et Hannelörche kein Ahnung dervun hatt, wie schlemm dä Jestank wirklich wor un die zwei hatte flöck ne Pries jefunge, wodrüvver it em Stelle nor laache kunnt, bal jeschenk.

Domet em et Hannelörche nit doch noch vun der Fahn sprung, woodt dä janze schrefliche Krom tireck beim Notar öm de Eck amplich fassjehalde, un en Woch späder, e paar Dach vör Hellichovend, lorten et Hannelörche met nem leichte Jriemele zo, wie singe Ex met Fründin et janze Möbelemang avholle dät, för en et neue Huus zo trecke. Alles, ävver och alles woodt erusjeschlepp, nit ens en Roll Klosettpapeer hann se dem Hannelörche dojeloße.

Eijentlich sollt mer doch jünne künne... Un zom jode Schluß hann se dann och noch die ahl Jadingestang metjenomme. Et schönste Chressdaachsjeschenk för et Hannelörche.

Wä säht, dat schwatz schwatz ess?

Mer hät widder ens et Chressfess em Bleck. E Johr flüch, bal ohne dat mer et bemerk, aan einem vörbei, un jetz määt mer sich och allt widder su sing Jedanke, wä mer dis Johr aan Hellichovend enlädt.

Eijentlich woll ich dis Johr en Puus maache, ens die andere dunn loße, ävver wann ich op die lahm Ente wade, die och ens draan wöre, dann fehl secherlich Hellichovend us. Jot, dat mer uns em letzte Johr all einich wore, dat Thiater met der Schenkerei avzoschaffe. Et weed suwiesu immer schwerer för se all en Kleinichkeit, die och noch jet herrjitt, zo finge. Jrad de Käls kütt et am Hals erus, widder en ne „Freudentaumel" zo verfalle bei Jeschenke wie SOS – „Socken, Oberhemd, Schlips". Alsu... mer schenke uns nix un dä Punk ess domet flöck avjehook.

Bliev et beim „Wä laden ich en"? De Jroß, der Jroßvatter un de Pänz sin jedes Johr jesetz, ävver ich dunn jän ens der ein ov andere us der Famillich ov ne Fründ dozo enlade. Mehschtens einer, dä et Johr üvver bei meer jet zo koot jekummen ess.

Dobei fällt mer dis Johr der Nohber vun nevvenaan en. Jot ligge kann ich dä zwor nit, weil hä, su lang ich dä kenne, ne iwije Nötelefönes wor, ävver am Hellije Ovend ess hä allein. Sing Frau ess em noh bal veezich Johr fottjelaufe. Se hatt wal de Schnauz voll, ävver ohne si Hildche kütt hä eifach nit parat. Hä kann einem leid dunn, alsu meer deit hä leid.

Dat sing Frau em fählt, kunnt mer jot sinn. Op der Beerdijung vun däm ahle Krombachs Ännche drohch hä zo singem ahle schwatze Aanzoch brung Wollsöck un e jrön kareet Hemb. Wann hä enkäuf, määt hä dat op Schluffe un wie et jetz et ehschte Mol jet köhler woodt, hatt hä zwor nen Hot aan, ävver immer noch dat dönne, avjedrage, knüselije Sommerbaselümche vun vör dressich Johr un wor am zeddere. Et pass evvens keiner mih op en op. Domet dä ärmen Höösch aan Chressdaach nit nor bedröv un einsam vör der Äujelskess setz, hann ich jetz entschedde, ich laden dä aan Hellichovend en. Basta!

No weiß dä jo nix vun uns Avsproch: Mer schenken uns nix. Nit dat dä denk, mer künnten uns dat nit mih erlaube odder wöre karrich jewoode. Alsu en Kleinichkeit för jet en de Häng zo hann mööt et dann doch sin. Wie ne Bletz hann ich allt nen Enfall: E Paar Söck, schwatze, die op all dat passe, wat mer dräht!

Noh e paar Dach nemme ich mer dann die Zick un maache ne jenöhchlije Stadtbummel. Dat janze Jewöhl öm mich eröm ess mer ejal. Ich bruche jo nit vill, nor e Paar schwatze Söck. Un die hann ich bestemmp ratzfatz en der Täsch. Hatt ich jedaach, ävver wä säht, dat schwatz schwatz ess? De Uswahl aan schwatze Söck deit mich bal erschlage. Et jitt se en: pechschwatz, jebrochenem schwatz, anthrazit, neutraljrau, schieferjrau, platinjrau, jranitjrau, jraphitijrau, asphaltschwatz, lakritzschwatz, en Längen vun koot bes aan de Kneen, jerepp un jlatt.

Die Länge ess off noh der ehschte Wäsch allt ärch verändert, et kütt op de Jradzahl beim Wäsche aan. Mänchmol verzaubere sich Männersöck donoh en Puutesöckcher, mänchmol dunn se em schwatze Lohch en der Wäschmaschin verschwinde, för sich irjendwann, natörlich en der wieße Kochwäsch, widder zo zeije. För de Kochwäsch ess dat dann ne jroße Spass, die düüster Färv op all däm Wieße zo verdeile. Ich weiß, wovun ich spreche.

Ich stonn immer noch em Kaufhuus un ben am üvverläje, för wat för schwatze ov asphaltschwatze Söck ich mich entscheide soll. Un...ich kann doch mingem Nohber nit jet schenke un ming Famillich usschleeße? Sin Söck nit noch winnijer als wies en Kleinichkeit, su quasi jar nix? Die ka'mer doch nit als Jeschenk aansinn. Sujet hät mer em Fundus. Ich künnt die jo janz höösch jedem aan der Tellerrand läje un dann... nä, wat en Üvverraschung... spille su noh däm Motto: Et jitt noch klein Wunder, lor, do hät et Chresskindche sich ävver jet enfalle loße!

Un, wat dunn ich? Ich kaufe aach Paar asphaltschwatze Söck ohne Bündcher. Un zor Nut kann ich die och drage.

Jetz danzen se widder

Hück weck mich allt fröh am Morje ne wunderbare blaue Himmel.

Woodt ävver och langksam Zick. Ming bedröfte Stemmung jingk mer selvs ärch op der Senkel. Och dat muulije Erömdötze vun der resslije Famillich un dä „lautlose" Fröhstöcksdisköösch – keiner hatt Loss, met däm andre zo schwade – maat mich nit fruh. Ävver hück, hück ess all dat anders.

Ich höppe us der Fluhkess, drihe et Radio op „volle Pulle" un weiß, wat Saach ess: Hück ess der ehschte Deil vum Fröhjohrsputz aanjesaat. Mi Jängelche durch et Bad maachen ich jet kööter wie söns. Hingernoh muss ich suwiesu unger de Dusch, un loss jeit et. Et määt richtich Pläseer, alles avzoschrubbe, avzowedele, de Ecke ens widder eckich anplaaz rund zo putze, Foßlieste nit verjesse, och ens hinger et Sofa kruffe, de Bilderrahme met Jlasrein wienere. Un jetz kummen se, die Finstere.

Ströflich wooten se en de letzte Woche behandelt. Et hatt jo och zo alle Daachszigge vum Himmel erav jeränt, jeschneit ov jehagelt. Hück dunn ich de Finstere nor Jots. Met janz vill Leev putzen ich de Rahme, poleere de Finsterbänk, un dä schwatze Stein blänk wie Ebenholz. De Rutte wäde met Siggepapeer un nem besondere Fläjemeddelche versorch, dann met nem Lingelappe nohpoleet, fädich.

Bes nommedachs halden mich mi Möbelemang un de Böddem luuter op Trapp. Irjendwann maachen ich mer e Tässje Kaffe un jünne mer e verdeent Püüsje. Jenöhchlich lähne ich mich en mingem Sessel zoröck un ben ihrlich stolz op mich. Üvverall rüch et fresch wie noh Zitronebäum. Dat neue Putzmeddel ess verhaftich nit schlääch.

De ehschte Sonnestrohle fingen der Wäch en mi bletzeblank Wonnzemmer un do schleit mer der Plaggen en! Bes vör e paar Minüttcher hatt ich doch noch versohk, däm ahle Stöpp met Lappe, Wasser un Möbelpolitor aan der Liev zo jonn, un jetz danze dausende vun futzich klein Stöppkööncher op de Sonnestrohle, benötzen se wie en Rötschbahn, höppen erop un erunger, schlagen der Tömmeleut, fingen sich zo schwungvoll Wirbeldänzjer un sause durch mi Wonnzemmer. Zoehsch muss ich ens schlecke: Wor ming janze Plackerei un dat Kruffe üvver de Äd un en de Ecke ömesöns? E bessje ben ich neidisch op die Stöppcher, hann se doch jenau esu vill Spass un Freud aan de ehschte Fröhlingsbote wie ich un jeneeßen die Wärmde. Et leevs dät ich met enne op de Sonnestrohle durch et Zemmer fleje, ävver leider ben ich e paar dausend Jramm zo schwer. Jot, bejnöje ich mich evvens mem Zolore. Die Rauh dunn ich mer jünne. För hück hann ich mi Putz-Soll erföllt.

Morje, üvvermorje, un...ess och noch ne Daach. Irjendwann erwischen ich se all, doch hück sollen die Stöppcher ehre Fröhjohrsspass hann.

Ich wör su jän en Sammeltass

Ich wör su jän en Sammeltass
Met fingem jolde Rand,
Verzeet met Blome handjemolt,
Su en Tass, die hatt ming Tant.
Se heelt die, wie ne Schatz,
Die Tass, die hatt nen Ihreplatz.

Ich stündt em Schaaf o'm Deckche,
Nem jenöhchlich Fleckche,
Künnt se all belore,
Wie se sich bedore,
Wie se kummen op Schluffe,
För der Kaffe zo suffe,
Üvver andre dunn schwade
Dat mer't hööt em Jade
Wat jot ess ov nit ...
All dat kräch ich met.

Mänchmol dät mer mich nemme,
De Tant wöödt bestemme,
Op en Kaffedeck fresch
Köm ich op der Desch.
Met Kaffe joldbrung,
E Jeschenk för de Zung,
Falsche Zäng, jääl, kein wieße
Däten mich bieße.
Wöödt jezopp wat ze hatt.
Jöv et Jrümmele satt.

Doch...

Et leevs wör ich en Sammeltass
Met nem kleine Sprung.
Zom Fottschmieße zo schadt,
Nit mih su janz jung
„Zor Kummelijun" verschenk,
Dat wör herrlich,
Weil mer dann mänchmol aan mich denk!

Ne Spitzweg wör mer et leevs

Ich hann en Enladung kräje för en Kunsusstellung. Wa'mer zo sujet en-jelade weed, ess dat nit nor en Ihr, nä, mer deit sich janz flöck froge, pas-sen ich zweschen die off mih wie ußerjewöhnlije Jemälde un die mih wie ußerjewöhnlije Lück, die secher Profis en däm Reveer sin. Jet huhpötzije Lück däten jetz sage, mer jonn op en Vernisaasch, alsu op en Eröffnung vun ner besondere Bilderusstellung, ovschüns ich nit jläuve, dat jederein weiß, woröm Vernisaasch Vernisaasch heiß un woherr dat Woot kütt. Ich dunn su jeläufije Wööt, die mer trotzdäm nit us der Lamäng jot ver-klöre kann, jän ehsch ens hingerfroge. Jetz, wo ich mich schlau jemaat hann, verstonn ich dat fremde Woot ehsch richtich jot, ävver dat künnt ehr selvs ens maache. Doot ens jet „googele".

Kumme mer zo der Vernisaasch. Wat trecken ich et bess aan? Dräht mer zo su nem ihrwürdije Aanlass Schwatz? Dat hööt mer esu em Alljemeine. Ävver dann söhche mer jo all us wie fresch vum Bejrävnis. Ich entscheide mich för en Kumbinazijun us Rut un Schwatz. Aanjekumme fällt et mer natörlich tireck op, dat ich un e paar andere, die schingks och nit vill Ah-nung hann, nit richtich aanjetrocke sin, weil öm mich eröm janz vill Jäss en schlabberije Botze, Hemder un Wallawallafummele erömlaufe. Dat verknuddelte, ärch knüselije Lingeaanzöch, die ussinn wie koot ens jet durch de Sod jetrocke, för die Käls su jot wie en Entrittskaat sin, dodraan muss ich mich ehsch ens jewenne. Die janze Kledaasch ess dann mehschtens noch en su jrell Färve, dat ming Auge Muskelkater krijje.

Un dann die Bilder! Jebroche Wieß en janz vill Schatteerunge! För mich bliev met un ohne Schatte un ov jebroche ov nit, Wieß immer Wieß.

No muss ich jestonn, dat ich vun Strechföhrung, Färvkombinazijune, symetrische un asymetrische Punkte, Strecke, Romben, Winkel etc. och nit et kleinste Fisselche Ahnung hann un immer denke, all wöödten se mole wie Rubens, Rembrandt, Renoir, Degas ov su löstich wie Spitzweg. Aan ov besser en dä Bilder, die mich jetz vun alle Sigge aanfleje, erkennen ich jar nix, noch nit ens die Färve maache mer jet Freud. All sin se met

Streche, Kreise, Dreiecke, Romben, Kringele janz akkerat usjemolt, die, janz platt vun mer jesaat, wie e technisch huh usjetüfftelt modän Streckmuster ussinn. Un die „Werke" hann Name, die mich bal vum Stohl haue, för e Beispill: „Versuch einer Gesundung", „Es muss werden", „Häuser, wo alle gesund werden", „Es ist alles Gerede". Dä!!

Eijentlich ben ich met der Schnüss immer vörrenop, nor he hann ich de Muul voll Zäng.

Ich stelle mich met jespillter Bewunderung allein för ei Bild un stonn allt verkeht, weil sich all die ander bungkte Kenner un Profis vör einem vun dä wieße Schattebilder versammelt hann, för do en Stelle, met leich en Falde jelaater Steen, av un aan nem Koppschöddele noh beidse Sigge, op Ziehespetze un deils nohdenklichem Bleck, die „irdische Tragweite" vun däm Kunswerk en sich opzonemme, för dann domet lautlos zo spreche, su ähnlich wie „lor mich nit esu laut aan".

He jitt et nit vill för ze laache ov zo jriemele, un ich verstonn, dat en Vernisaasch nix met Humor ze dunn hät. Ich ben fruh, dat mich keiner vun dä verknuddelte Lingeaanzochdräjer em Hawaii-Hemd ov querjestrieftem rut, jääl, jröne Pullunder aansprich. Mer süht et mer wal aan, dat ich kein Faachfrau ben un ungerhält sich leever met Jlichjesennte üvver dat jesammte Kunswerk, un ich fangen Sätz op wie: Sehr, sehr kühn, dieser Pinselstrich, da muss man erst einmal drauf kommen, besonders in den Kreisen! Man kann die Gedanken des Künstlers schmerzhaft spüren! Das, das ist sie, die Unendlichkeit!

Bei der Laudazio jünne ich mer beim Vörbeijonn lans dem Büffee et ehschte Jläsje Schampus, stüsse ennerlich met däm Künsler aan un entscholdije mich allt ens, dat ich en nit su fiere kann, wie die ander Jäss. Et ess jo immer jot, dat mer sich met nem leichte Koppnicke zom Nevvemann koot vörm Enschlofe ens höösch op et Hüüsje verdröcke kann.

Et Büffee ess allt eröffnet, wie ich mich widder unger de Lück mische, interesseet zo nem besonders jroße „Streckmuster- Bild" schlendere un mer üvverläje, wann darfs do jetz, ohne opzefalle, jonn. Bloß nit zo spät, söns denk der Künsler noch, ich mööch jet met im diskuteere. Ich nemme mer noch e klei Häppche vum Büffee, jrummele mer beim Jonn jet wie „genial, bemerkenswert, muss man gesehen haben, eine Bereicherung für den Kosmos" en minge nit vörhandene Baat un loss mich mem ehschte Jrüppche, wat noh drusse jeit, met erusdrieve.

Ich meine, jeschadt hät et mer nit, dat ich dobei wor, un ich weiß, dat ich mich nit donevvebenomme hann. Villeich ess ming Bescheideheit opjefalle, un ich wäde noch ens enjelade, dann künnt ich endlich ens ming ahl Blomekleider us der Hippizick noch ens us dem Koffer holle, un ejal, wann die noh Mottepulver ruche, Blome sin schleeßlich jenau esu speziell wie Jemälde un hann ehre eije Döff: Sehr, sehr kühn, dieser unendliche Jeroch. Man kann ihn schmerzhaft spüren!

Sibbehundert Johr am Desch

Kein Sorch, ich verzällen üch jetz nix vun nem historische Bauwerk ov vun ner ahl Kirch, en der allt vör üvver sibbehundert Johr de Weihrauch-fäßjer jeschwenk un em Bichstohl jeloge woodt, nä, ich verzällen üch jet üvver mi letz Klassetreffe.

No muss ich üch ehsch ens verklöre, dat mer uns, wann et pass un keiner jet för ze drieße hät, versöhke, eimol em Johr zo treffe. Et ess, wie säht mer, ne hade Kän, dä sich do zosammefingk, weil, mer sin allt 55 Johr us der Schull, un en där Zick hät et mäncheiner vun uns „Jungfraue" en de Welt verschlage un e paar loren uns och allt vum Himmlspötzje zo. Wie allt jesaat, dä hade Kän sin su zehn bes zwölf mettlerwiel ahl Möhne, die dann ens widder öm et Huus trecke un en Erennerunge schwelje. Ävver och et Levve hück weed nit usjeloße.

Jo, un dis Johr troke zehn Madamme öm et Huus, un die zehn hatten all em verjange Johr ne runde Jebootsdaach jefiert. Do broht keiner met der Jugend aanzejevve un erömzewedele. Mer hatten all de Sibbenzich jepack. Die ein ov andere met jet mih ov jet winnijer Falde un jriese Hoor. Un zehnmol sibbenzich sin noh Adam Riese sibbehundert.

Noh muss ich ens en Lanz för uns all breche. Mer sin kein zwanzich mih un jeder hät irjendsein Malätzichkeit, wat jo em Alder nit jrad jet Unje-wöhnlijes ess, un jeder hät nit nor op Wolke jelääv. Et Levve ess evvens en Aachterbahn un bei mäncheinem wor dat Opschlage noh der Fahrt ärch hatt.

Ävver keiner hät sich hangeloße, et Bess ess: Mer künnen uns all noch jot sinn loße un bei uns passeet et Jott sei Dank nit, dat einer hinger der Hand säht: Lor ens, do, die met dem jriese Knutz. Hät do einer verhaftich sing Mamm metjebraht! Et bruch sich vun uns keiner zo versteche, em Jäjendeil, et jitt och en stelle Schönheit, die nit esu tireck en et Auch fällt. Mer sin all jestande Fraulück, die wesse..." auch eine alte Geige macht noch schöne Töne".

Dat muss mer sich ehsch ens op der Zung zerjonn loße. Bei dä bes jetz bekannte Möhnejeseechter hatt sich dis Johr ei neu enjeschleche. Wä wor dat dann? Dat brung jebrannte Rebbejestell hatte mer bei de letzte Treffe noch nie jesinn? Jehoot dat Jeseech üvverhaup bei uns Klass?

Et jehoot verhaftich bei uns. Üvver dressich Johr nit mih jesinn, hatt „das Kind aus meiner Klasse" sich esu verändert, dat et uns all de Sproch verschlage hatt. Ävver su noh un noh, nohdäm mer ens jet jenauer et Profil useneinjenommen hatte, jingk uns e Leech op un dä Neuzojangk woodt aanjenomme.

En Leverkusen-Fettehenne, däm Tor zor Welt, de Welt weed jo suwiesu immer kleiner, hatte mer uns jetroffe. Uns ehschte Aanlaufstell wor e klein italjänisch Lokal un dä „ortsansässige" Gino Lafer-Lichter-Jourmet-Koch vun Leverkusen-Fettehenne, (Fetterhahn wöödt he besser passe) hatt extra wäjen uns Fraulück singe Meddaachsschlof jeoffert. Bei schlappe 38 Jrad em Schatte un noch mih em Lokal jov et je noh Wunsch, Pizza, Salata Mista (janz ohne Mist) Lasagne – der Kies wor noch am koche – (su wie meer) ov ander Spezijalitäte.

De Finstere kunnt mer nor en Handbreit opmaache un dat jode wärme Esse braht uns Wiever die lang verjesse Wähßeljohre widder nöher. De Bröh leef üvverall do erav, wo mer se nit bruche kunnt. Ehr kennt dat doch all, naaße Stelle em Rögge un aan der Bruss, dobei hät mer aan der Fott doför Plaaz jenohch.

Noh ner Stund „Aanlaufszick" hatte mer die Temperatur verjesse un de Schnüss vun uns all jingk wie en Entefott. Mer moot sich allt zaue un lautstark bemerkbar maache, wa'mer ens e paar Sätz aan se all losloße woll. Mer kome eifach met de Neujichkeite jar nit noh.

Doch nohdäm mer uns jenohch üvver de Hetz, de Malätzichkeite, de Käls, de Pänz ungerhalde hatte, kom, wie söns, der schönste Jesprächsstoff aan de Reih: fröher! Jeder woss jet us der jemeinsame Schullzick, wat der andre nit mih woss. Jetz woodt et interessant un för die jet mih wie vertraute Jespräche bei ner jot Tass Kaffe un nem öntlije Stöckelche

Koche hatt uns uns domolije Klassesprecherin, die uns Treffe immer orjaniseet, en et heimische Domizil, natörlich en Leverkusen-Fettehenne, enjelade, wat zor Folje hatt, dat et Altarjeschenk vun Frau Klassesprecherin sich wie op der Fluch mem Rad durch de Kood maat. Doch hä hatt nit met unsem Setzfleisch jerechent, et woodt för dä ärmen Höösch en „Tagestour".

Irjendwann moote mer uns natörlich trenne, schleeßlich hatte mer de Schlofsäck ze Huus jeloße, ävver mer jingken met däm Verspreche: Nöhks Johr widder! Dat halde mer bei su lang et jeit. Mer sin zwor die Ahle, nit mih janz neu, jet langksam jewoode, ävver mer kennen all die wichtije „Abkürzungen" un künne immer noch vill un...mer kennen jetz och der Päädswäch noh Leverkusen-Fettehenne.

Jot ze jebruche sin die Dinger nit

Et Marita hät allt lang e sportlich Steckepäd: It määt jän em Winter Or-
laub un fährt Schi. Als Weech hät et domet allt aanjefange un mettlerwiel
määt et de Avfahte, ejal wie huh un wie schwer de Schneehäng sin, bal
em Schlof. Op dä Bredder föhlt et sich wie Derheim. Et määt em eifach
Pläseer durch de verschneite Nator ze jöcke un meddaachs bei nem le-
ckere Jläsje Almdudler de Sonn un e däftich Esse op der Hött zo jeneeße.

Üvver de Johre hät et dobei ne dolle Fründeskreis jefunge, dä sich och
ungerm Johr triff. Ävver e Muss ess, dat se all zesamme em Winter Schi-
Orlaub irjendwo en de Alpe maache.

Wat sich natörlich em Lauf vun der Zick verändert hät, jrad en där Sport-
aat, ess et „Outfit". Et ess all vill bungkter un jefällijer jewoode. Die Botze
un die Schneebaselümcher sin vun de Modemächer su doll jeschnedde,
dat mer trotz decker Ungerwäsch un villeich noch nem Rolli, doch rank
un schlank ussüht.

Et Marita hät immer der neuste „Trend" metjemaat, wat sing Reisekass
öntlich jebeutelt hät. Ävver em supermodische neue Pistenoutfit, wat
et jekauf hatt, sohch et besonders jot us un de Fründe hann met Lovv,
vun wäje singem jode Jeschmack, nit jespart.

Widder stundt der Winterorlaub aan. De Planung wor flöck avjeschlos-
sen. De Fründe hatten all zojesaat, bloß... noch hat et Marita nix för aan-
zetrecke. Et hatt eifach noch kein Zick jehatt, sich modisch zo informeere.
E paar Dach bevör et lossjingk wor dann doch der Enkaufsbummel för
de Winterkledaasch fällich.

Lang broht et Marita nit ze söke. Dis Johr wor der Schi-Mode-Trend janz
eifach: Overalls met Kapuze. Die Kapuze usstaffeet met nem decke flau-
schije Kunsfell, un dat all en janz vill jrell Klöre. De Auge dät mer domet
jet ärch vill zomode, ävver em Schnee wör mer en su nem Dinge nit zo
üvversinn.

Die Entscheidung jingk flöck, dis Johr wöödt et Marita en nem dezente Pink-Overall der Birch erop un erav jöcke.

Wie immer, die Orlaubsdäch verjingken bei prächtijem Wedder un met Fründe, wie mer se besser nit hann kann, em Flohch. Am letzte Orlaubsdaach wollten se noch ens all zesamme op ne janz besondere Birch, öm do noch ens richtich Jas ze jevve.

No jingk et dem Marita aan däm Daach nit esu jot. Et hatt su e komisch Jerumpels em Buch un ne fiese Drock op dem Mage. Natörlich woll et dat keinem sage un...noh e paar Minutte wor dat Jerumpels och widder vörbei.

Meddaachs maaten se, noh e paar jelunge Avfahte, e Püüsje op der Hött. E letzte däftije Esse en herrlicher Nator wor aanjesaat. Wie der Düvel et well, beim Marita jingk dat Jerumpels em Buch, jetz jet häftiger un met janz vill Drock op dem Mage, widder los. Ne Klosettjangk woodt brutnüdich. Jet Sorch maat dem Marita singe schicke Janzkörper-Overall. Wie sollt et sich, wann et noch mih dränge wöödt, bloß schnell jenohch us däm Dinge schruve?

Met dä Wööt: „Ich muss ens op et Höffje", wor et verschwunde. Eren en dat Klosett, dä Overall su flöck wie et jingk erungejeresse un dann... et wor en Erholung för Liev un Siel. Met nem jlöcklich entspannte Jeseech kom et Marita widder aan der Desch zoröck.

E paar vun dä Fründe däten it un singe Pink-Overall jet komisch belore un de Nas rümpe, bes einer su janz nevvenbei saat: „Marita, wann ich et nit besser vun der wöss, künnt mer denke, su vun wäjen der Färv un däm Jeroch, do hätts en ding Kapuz jedresse...!"

Alsu, jot zo jebruche sin die Dinger ihrlich nit.

Och dat noch –
Jedanke sin frei

Wann et uns nit jöv

Refrain:
Wann et uns nit jöv
Un die, die vör uns wore
Wann et uns nit jöv,
Do sidd ehr üch em Klore,
Wann et uns nit jöv,
Meer, die üch jet verzälle,
Dann jöv et keine Dom,
Dann jöv et och kei Kölsch,
Et jöv noch nit ens Kölle.

Vers 1
Et ess alles selvsverständlich,
Wat mer hann un maache,
Kaum einer fröhch sich noch vun uns,
Woherr kummen die Saache,
Irjendwann en ahler Zick,
Jov et allt schlaue Lück,
Die jet jeknuv, erfunge hann
Wat uns hück vill bedügg.

Denn...
Refrain:
Wann et uns nit jöv...

Vers 2
Mer hätte kei Klosettpapeer,
Un och kei Aspirin,
Et Telefon löhch noch em Schlof,
Un och de Iesmaschin,
Brefmarke, Posteling un Beer,
Un och de Chicken Wings,
Hück ess all dat uns jot bekannt,
Mer föhlen uns wie Kings.

Denn...
Refrain:
Wann et uns nit jöv...

Vers 3
Der Rießverschloss nirjends zo sin,
Un kei Kondom em Bleck,
Kino, Filme, Radio.
All dat löhch noch janz wick.
Et Alphabet, wat soll dat sin?
För uns all jetz „ e Muss".
Wat schlaue Lück erfungen hann,
Brängk hückzedachs Jenoss.

Denn...
Refrain:
Wann et uns nit jöv...

Augenblecke

Et jitt Augenblecke, die uns drage,
Die halden en Jedanke e janz Levve.
Nix Jroßes, jet wat der Alldach brängk,
För and're nit wichtich, doch uns dunn se vill jevve.

Die Augenblecke, die uns drage,
Ne ahle Bref,
E wunderbar Fess,
En Schiffstuur om Rhing,
E Puutespillzüch,
Off sin die klein Saache em Levve et Bess.

Der Hellije Ovend domols derheim,
Der Chressbaum, en Kröck, stundt en der Stuvv.
Nor dekoreet met Lametta un Kääze.
Mänchmol litt noch dä Jeroch en der Luff.

Un dann de Schulltüt, nit su wie die hück,
Huh voll jestivvelt, dat se bal platz.
De ming wor jeföllt met jet Stollwerck-Schuck'lad,
Die wor nor för mich, heelt se wie ne Schatz.

Die Augenblecke, die uns drage,
Ne jode Film,
Ne schlaue Satz,
E doll Plakat,
E Lieblingsbohch,
Erennerunge hann för all dat nen Plaaz.

De ehschte Stöckelschohn, kunnt kaum drop laufe,
Un heimliche Bützjer em Bösch vum Franz Jupp.
Och wann lang vörbei, mer erennert sich noch
Aan de Nylonstrümp, wo de Laufmasch jestopp.

En klein Wonnung bovven huh op der Läuv
Domet fingk et aan, dat eije Levve.
Dä ahle VW, en blau, Nostaljie.
E Raritätche, wöödt et dä hück noch jevve.

Die Augenblecke, die uns drage,
Kaum zo beschrieve,
Kaum zo besinge,
Kaum zo verjesse,
Kaum zo verzälle,
Se brängen en uns jet aan et Klinge!

Se jehöre zo jedem, kanns se nit verdrieve.
Denn bes do sähs: „Dat wor et!", su lang dunn se blieve.

Dat häss do och all ens jedonn

Do dröcks jäjen de Döör vum Supermaat,
Och wann trecke drop steit.

Do deis och hück noch Jrashalme usrieße,
Wann do op ner Wies sitz.

Do rüchs aan jeder Rus,
Och wann se us Plastik ess.

Do weiß nit, wat do aantrecke solls,
Ovschüns dinge Kleiderschaaf zebaasch voll ess.

Do höpps op de Plaate om Trottewar,
Ohne op de Linnije zo tredde.

Do dröcks op nem blaue Fleck eröm
För ze spöre, ov et wih deit.

Do wees wie vun selvs zehn Johr jünger,
Wann et schneit.

Do häss allt ens versook,
Alle Färve vun nem 4-Färve-Kuli jlichziggich zo dröcke.

Do sähs aan der Sprechaanlaach:
„Ich ben et".

Do häss der Möh jejovve,
Ne Wäschhändsche met Wasser zo befölle.

Wann do om Händi keine Emfang kriss,
Hälts do dat Dinge su wick wie et jeit och hück noch en de Hüh.

Jetz kanns do dodrüvver Trone laache,
Weil die Erennerung dodraan dich eifach nor jlöcklich määt.

Et litt jet en der Luff

Triff uns vun irjendseiner Sick
Ne Jeroch, bekannt, vertraut,
Dann pack se uns, die Nostaljie,
Erennerunge wäden „laut".
Wie en nem Film, schwatz-wieß ov bungk,
Ess all dat do, präsent un rund.

Bettwäsch, die en der Sonn jedrüsch,
Jestärk un dann vun Hand jebüjelt.
Der Döff lohch ovends üvver'm Bett,
Hät uns Puutedräum beflöjelt.
Wie ich hück dodrüvver denk?
Dat wor för uns e klei Jeschenk.

Wick VapoRup wor jäje Hoste,
De Bruss woodt domet enjerevve.
Die Eukalyptussalv maat Luff,
Der Schlofaanzoch blevv aan uns klevve.
Vum Selverlöffel Sanostol –
Ne Vitaminschub, uns zom Wohl.

Kom de Jroß am Chressdaachsmorje
Staats jemaat zom Fessmenü,
Wor der Jeroch noh Rinderbrode
Allt noh ner Stund eifach fottü.
Dann lohch Lavendel wie ne Schleier
Der janzen Daach üvver der Feier.

En Ömarmung vun der Mamm
Dät noh Leev un Wärmde ruche,
Doch och e bessje noh Chanel,
Nummer 5, dat dät se bruche.
Janz anders rüch dat hück aan mir,
Mamm, dä Jeroch jehoot nor dir.

Jebrannte Mandele em Blösje,
För uns Milchzäng Arbeit pur.
Appelsineschal om Ovve,
Chressdaachsdöff us der Nator,
Omas Kakau, wesst ehr et noch,
Wor vun van Houten, fresch jekoch.

Un, do fällt mer noch jet en,
Om Kleiderschaaf bovven plaazeet
Roch et noh Cox Orange un Boskopp,
Winteräppel, jot zorteet.
Die hatt der Papp sich avjespart,
Äppel för uns anplaaz Schuk'lad.

Nit zo verjessen der Jeroch
Vun Appeltaat met Hagelzucker,
Spretzjebäck un Marmorkoche,
Martinsweck drop öntlich Botter.
De Ovvensplaat met Scheuersand
Jeschrubb, jewienert, noch vun Hand.

Jenerazijune hann en Nas
För Döff, die et Levve forme.
Se blieven en Erennerung.
Wie, wo un wann, et jitt kein Norme.
Et jitt kein App se avzorofe,
Mer kann se nit op Facebook melde,
Och nit verspröhe wie Parfömm,
Ußerdäm kummen se selde.

Doch wann se kruffen en uns Nas:
Kösslich, herrlich, eifach jot,
Läuf widder av dä ahle Film,
Schwatz-wieß ov bungk, meschtens zo koot.

Wat mer mänchmol fählt

Wann ich sonndaachs setz jenöhlich
Am Meddaachsdesch zefridde, satt,
Weil minge Soore Brode jot wor,
Selvs enjelaat, do sidd ehr platt,
Litt der Jeschmack vum Röbekruck
Op minger Zung, noch wie en Huck.

Ess su e klassisch Sonndaachsesse
Met brunger Zaus un Klöß vun Hand
Hück, bei der „flöcke Köch", verjesse?
Ich maachen dat noch us dem Stand.
Doch en dä Kochschaus jeden Daach
Weed vill jebrötsch, wat mer kaum maach.

Hück käuf mer jän am Stroßebüdche
En Brootwoosch odder Currywoosch,
Hot Dogs met öntlich Öllich, Mostert
Un Coca Cola för der Doosch.
Doheim des ovends nor „kahl Köch"
Bei all dä Fast-Food-Essjeröch.

Aan einem Stand driht sich der Jyros,
Öntlich mangs süht hä allt us.
E Stöckche wigger mexikanisch
Hann de Tapas ehr Zohuus.
Em Stonn jejesse met de Häng,
Dönn, met Jemös, jot för de Zäng.

Un wä dis Dach jet op sich hält,
Weed des ovends nit zom Koch
Et langk en Pann met Spejelei,
En Büchs Ravioli deit et och.
Em Pappkartong de Chicken-Wings,
Dovun iss mer dann zehn met links.

Nit zo verjessen all die Burger
Öm uns eröm, die jeder kennt.
Ne Bic Mac, noch koot vör'm schlofe,
Do ess mäncheiner draan jewennt.
Ne andre steit op Sushi pur,
Dodrüvver freut sich de Fijor.

Met Sandwichs, Pasta, Döner, Pizza,
Ka'mer sich rette, wann et drängk,
Fish and Chips, Bockwoosch un Fritte,
Domet ess jede Schless am Engk.
Mer hät dobei e jot Jeföhl,
Denn Doheim wadt keine Spöl.

Wä dat all maach, dä soll dat esse,
Ben och nit bang vör nem Bic Mac,
Un av un aan, do jünn ich mer
En Currywoosch, weil die mer schmeck.
Doch em janz normale Levve
Dät ich öm Huusmannskoss jet jevve.

Wä koch vun üch noch decke Bunne,
Pottschlot met Ädäppel en Bröh,
Jestuvte Murre, koote Kühl?
Kaum einer määt sich noch die Möh.
Himmel un Äd, decke Roulade
Wöödten hück och keinem schade.

Spetzkühl, Kappes, Rinderbrode,
Schnibbelbunne, Waggelpitter,
Och Poppeköchekäppesjer,
Morjens fröh ne ärme Ritter
Dat ess us Omas Köch et Bess,
Wann et dat jitt, för mich e Fess.

Doch morjen jitt et för de Puute
En Tiefköhlpizza, jot belaat,
Der Rinderbrode met vill Zaus,
Hann ich för Chressdaach opjespart.

Om Trödelmaat

Dä jriese, ahle Orjelsmann
Zeich hück noch eimol wat hä kann.

Wat he op Desche bungk zorteet
Weed vun der Kundschaff ehsch studeet.

Mer käuf nit jän en Katz em Sack,
Och keine Dress, mer hät Jeschmack.

Süht...
Schals un Döhcher,
Kinderböhcher.

Vun der Jroß ne Huhzickssproch,
Jesteck op Linge, kaum jebruch.

En Booretruh met leserschloss,
Ne Fleutekessel leich verross.

Vun Hand bemolt en Sammeltass,
Us Eicheholz e Botterfaaß,

Jläser us Krestall,
Jewöhl he üvverall.

En Merklin leserbahn H Null,
En Schiefertafel us de Schull,

Selverbesteck - schwatz aanjelaufe -
Met Monojramm ka'mer he kaufe.

Stivvel un usrangscheete Täsche,
Wing-, Schabau- un Parfömmfläsche,

Kümp för Zupp,
Schildkrötpopp.

Ne Ledderkoffer leich verschosse,
E Köchefinster noch met Sprosse,

Ne Lampeschirm us Perjament,
För de Bütt en Plastikent.

E Büjelieser schwer wie Blei,
Us Emalje en ahl Seih,

Selverbecher,
Siggefächer.

E Landschaffs-Aquarell verstöbb,
Blecher Dose voll met Knöpp,

E Trömmelche en Rut un Wieß,
Ne Köchestohl met ahlem Knies,

E jehäkelt Kinderjäckche,
En Muschelmuster litt om Päckche.

Kääzeleuchter,
Luffbefeuchter,

Jedes Deil hät singe Döff,
Dä einem en de Nase krüff.

Doch metunger unverhoots
Rüch mer och allt ens jet Jots.

Brotwoosch, Rievkoche un Flönz
Ess doch klor, nit ömesöns.

Denn och bei dressich Jrad vum Himmel
Hät mer Schless en däm Jewimmel.

Beim ehschte Kölsch weed resümeet:
Die jot ahl Zick wor nit verkeht!

Ben waach jewoode

Ben waach jewoode, hann opjehoot ze dräume.

Hann jedaach, en mingem Ömfeld jöv et keine Strick un Hass.
Hann jedaach, zesammeschlage dunn se bloß die, die ich nit kenne.
Hann jedaach, bekläut weed bloß dä, dä nit richtich oppass.
Hann jedaach, Dealer un Süchtije jitt et en der Famillich
 un em Fründeskreis nit.
Hann jedaach, dat Schläächte köm jar nit ehsch en ming Nöh.

Em Schullbus wäden de Pänz vun de Klassekamerade zesammejeschlage.
Em Fründeskreis jitt et en Doochter, die heroinsüchtich ess,
 un keiner hät et jemerk.
En der Famillich süff sich einer bal kapott, ävver all maachen se de Auge zo.
Em eije Huus weed ne ahle Minsch hingerlestich üvverfalle, keiner hilf.
Em Ömfeld jitt et Aandräjer, die en Fründschaff kapott maache,
 eifach ohne Jrund.

Dat Waachwäde deit wih.

Künne mer Minsche, die mer nit ligge künne, nit en Rauh loße?
Künne mer dä, dä en ander Relijon hät, nit tolereere?
Künne mer op uns Pänz, die et Schöns em Levve sin, nit jet mih oppasse?
Künne mer die ahl Lück, die uns fröher jroß jetrocke hann, nit mih aachte?
Künne mer nit ens ophöre, üvver andere üvvel zo spreche?

Ben waach jewoode, doch ich hann ne neue Draum:
Ich übe ömzedenke! – Määt einer vun üch met?

Die Ahle – meer Ahle

Wat ess et jot, dat et uns jitt: „die Ahle",
Un wat si'mer nit all:

Mer sin wie en Wundertüt, huhvoll met Erennerunge,
Mer sin en Aanlaufstell för jung Lück,
Mer wesse immer, wat läuft,
Mer sin en iwije Quell jot jeföllt met Rotschlääch,
Wa'mer se höre well.
Mer künne üvver bal alles Uskunf jevve,
Mer süht uns jän,
Janz besonders em Ihreamp.
Mer deit op uns zälle – nit nor bei de Wahle –,
Mer wäde huffeet en jeder Weetschaff,
Mer hann jo de Nüsele,
Mer sin et bess em Verzälle vun Märcher,
Mer jevven uns ärch vill Möh
Der puckelige Verwandtschaff un dem Ömfeld
Nit op der Jeis zo jonn.

Ävver mer halden dodraan fass:
Selvsständich zo denke un zo blieve,
Öm uns Enfäll och hück noch met Schwung ömzosetze.
Mer freuen uns e Lohch en der Buch
Üvver all die, die wie meer, mänchmol ne Name verjesse.

Mer sin die Ahle,
Ävver mer nemme die jung Lück un ehr Sorje ähnz,
Un die künne, wann se welle, en Häd vun uns lihre.
Bes dat richtich flupp,
Sulang dummer jän wade.

Wie jesaat, mer sin evvens die Ahle.

Langksam

Langksam bruchen ich en Kröck.
Nit, dat et jetz allt nüdich wör,
Ävver et weed immer nüdijer.
Se jitt mer Halt,
Se ess ming Stötz,
Un ich mööch se nit heimlich jebruche.

Langksam bruchen ich en Kröck,
Allt mih wie ich zojevve mööch.
Se jitt mer en Aat Zefriddenheit.
Ich ben ehr dankbar,
Se ess minge Fels,
Se määt mich secher.

Langksam bruchen ich en Kröck,
Wie Esse un Drinke un Schlof,
Wie e Laache, wie de Sonn,
Wie et Opstonn jede Morje.
Un ich fangen aan, et zo bejriefe:
Irjendwann bruchen ich ming Kröck
Jeden Daach
För ze laufe, för Trappe ze steije, för spazeere ze jonn.
Se ess ming Stötz.

Ävver villeich künnt ich dat och
För ne andere Minsch sin,
En Kröck, en Stötz, die nit nor beim Jonn hilf,
Nä, och hilf, widder ens de Sonn ze sinn,
Un e Laache zo versöhke.
Denn eins weiß ich jenau:
Ahl Kröcke halden jet us.

Häss do et och am Knee?

Häss do et och am Knee?
Ich sagen deer, ich kenne dat Jeföhl,
Wie ne Stech mem Metz,
Dä jeit der durch de Knoche bes aan't Hätz,
Un wat määs do jetz?
Do föhls dich irjendwie malad.
Em Augenbleck en schläächte Kaat
För de Balz,
Kriss nen decken Hals.

Häss do der Rögge stief?
Ich sagen deer, ich kenne dat Jeföhl,
Küss kaum en de Hüh.
Merks, dat ding beste Zick langsam futtü.
Ess dat nit jet fröh?
Et Trappesteije weed zor Qual,
Saach ess dat ihrlich all normal
En der Rent?
Läufs jetz wie en Ent'.

Ies, deit de Knoche jot!
Dat, wat mich nit ömbrängk, määt mich stark,
Weckele us Quark.
Doch wie ich sinn, häss do och Pech,
Füüs deef en der Täsch.
Jet aanjeschlage, doch söns fit,
Su flöck kritt uns he keiner quitt.
Stonn parat,
Met der Rentnerkaat!

Et weed he nor noch jesunge

Vers 1
Jesunge ha'mer fröher jän
Die Frei- un Fahrteleeder,
Die mer jelihrt beim Schulle jonn.
Et kannt se eifach jeder.
Met: „Wenn die bunten Fahnen weh'n"
Jingk et en der Bösch.
„Em Frühtau dann zu Berge"
Kannt uns bal jede Mösch.
Singe woodt zor Strof.
Mer maaten dat em Schlof.
Un hück...

Refrain:
Janz Kölle ess aan einem Stöck am singe,
Wie wann et üvver't Johr nix and'res jöv.
En jeder Weetschaff op der Eck ka'mer se finge.
Et weed jesunge, janz ejal, wä die all röf.

Vers 2
Jesangvereine komen op -
Der Stolz vun jedem Veedel.
Eimol em Johr e jroß Kunzäät,
Mer kom met Kind un Käjel.
Met „Marmor, Stein und Eisen bricht"
Kom ne janz neue Schwung,
Schlager woodten üvver Naach
Modän för Alt un Jung.
Widder wor't zo vill.
E paar Jöhrcher woodt et stell.
Un hück...

Refrain:
Janz Kölle ess aan einem Stöck am singe,
Wie wann et üvver't Johr nix and'res jöv.
En jeder Weetschaff op der Eck ka'mer se finge.
Et weed jesunge, janz ejal, wä die all röf.

Bridge:
Et weed he nor noch jesunge,
Klor, dat kann jede Jeck.
Doch wie jän dät ich ens schwade
Eifach su, en der Weetschaff op der Eck

Us dem Sommerbüggel en de Wintertäsch

Meer zwei müssen uns jetz trenne,
Jet bedröv sagen ich tschüss.
Do häss mer ihrlich jot jefalle,
Un nöhks Johr do widder küss.

Jrad ding Form: ne jroße Büggel,
Wor jenau för mich jemaat,
All dä Krom, för dä ich Plaaz broht,
Hät jepass, janz akkerat.

Do däts eifach all dat schlecke,
Un met nem jroße Schasewitt ,
Zack, ne Worf üvver de Scholder,
Hatt ich us de Häng dich quitt.

Jetz klopp der Winter aan der Döör .
Sommerbüggel, Zick ze jonn.
Us deckem Ledder muss jetz herr
En Wintertäsch, wees dat verstonn.

Ne Ömzoch steit en't Huus
Su mänches trick met us:

En Hoorbösch, der Verjröß'rungs-Spejel,
Ne ahle Schukelade-Rijel,
Jet „Hansaplast", e Süßstoff-Dösje,
E Täschedohch met Buschwind-Rösje,
Pille jäjen Knocheknacke,
Ne decke Schal för en der Nacke,
Baldrian em handlich Fläschje.
Och dä trick öm en't Wintertäschje,
En Täschelamp, ne Deo-Roller,
Ne Schrievblock, et weed immer voller,

För't Hörjeröt Ersatzbatt'rie,
E Nutfallset för jet ze nihe,
För kahl Föß us Woll noch Socke,
Minihaarspray för de Locke,
Wie hä noch klein, vum Jung de Bilder,
Et Portemonnaie, ne Kamm us Selver,
Jet Peffermünz för der Jeschmack,
Un för de Näl e Fläschje Lack,
De Lormaschin kütt aan de Sick,
Die hät nen Stammplatz zick ner Zick,
Ne kleine Knirps, falls et ens sief,
Kölnisch Wasser jäje Mief.

Jetz ess die Täsch allt prall un voll,
Weiß nit, wie ich die drage soll.
Schleppen mich allt jetz zom Schänzje,
Wann ich jonn nohm Kaffekränzje.
Doch sinn ich, wat die ander Fraue
En de Täsche noch verstaue,
Dann ess de ming leich wie en Fedder
Bei däm fiese Winterwedder.
Die Zick, die jeit doch och eröm,
Donoh trick all dat widder öm.

Jedanke üvver de Mamm

Met veer Johr
De Mamm weiß alles.

Met aach Johr
De Mamm weiß vill.

Met zwölf Johr
De Mamm weiß ihrlich alles.

Met veezehn Johr
De Mamm weiß jar nix.

Met aachzehn Johr
Wä ess eijentlich „de Mamm"?

Met fünfunzwanzich Johr
De Mamm weed dat villeich wesse.

Met fünfundressich Johr
Bevör mer dat maache, froge mer de Mamm.

Met fünfunveezich Johr
Ich frogen ens, wie de Mamm dodrüvver denk.

Met fünfunfuffzich Johr
Off de Mamm dat noch weiß?

Met sibbenzich Johr
Wie jän wöödt ich jetz noch ens de Mamm froge.

Och dat noch –
Famillich, Fründe, Nohberschaff

Mer sollt sich för all dat Zick loße

Et Nettche un der Jottfried hann sich jetz allt e paar Jöhrcher aan et Rentnerlevve jewennt.

Nit, dat se tireck jot parat jekumme sin, ävver su noh un noh woodt et immer besser. Nohdäm se sich vun de ersparte Jröschelcher – allebeids hann bes et nit mih jingk jearbeit – , e Wonnmobil jekauf hann, jitt et kei Halde mih. Su off wie et de Famillich, de Pänz un de Enkelcher zoloße, sin die zwei op Tuur. Mänchmol mondelang. Janz Europa hann se allt bereis un immer widder neu Enfäll, wo et schön sin künnt. Jottjedank sin se allebeids noch öntlich fitt för ehr Alder, su knapp üvver de sibbenzich ess dat doch och allt jet. Doch zick e paar Mond maachen de Knoche jet Moläste. De Kneen streike av un aan, de Bandschieve melde sich immer dann, wa'mer et nit jebruche kann, un neuerdings klaach et Nettche üvver Ping em Foß. Noh langem Hin un Herr jeit et dann doch bei der Dockter. Vill kann dä nit maache, do muss ne besondere Dockter, einer dä ne jode Versteisdemich för de Knoche hät, ne Orthopäde, noh lore. Wat dobei eruskütt ess flöck verzallt, ungerm janze Foß ess en Entzündung, die ehsch ens avheile muss, un donoh muss mer wiggersinn.

Ävver weil et Nettche die Ping mänchmol nit mih ushalde kann, kritt et Pille verschrevve, die die Ping erdrächlich maache solle. Vun Nator us kein Kühmbretzel, ihter e zih Frauminsch, kütt et met dä Pillcher janz jot zorääch, su jot, dat se wigger mem Wonnmobil ungerwächs sin künne. Engks Oktober sin se dis Johr zoröck, un jetz blieven se bes noh Fastelovend he. Un weil se mih Freizick hann, jonn se jän, et leevs jeden Daach, em Bösch spazeere.

Och hück, nohm Fröhstöck, hann se sich vörjenomme, e paar Stündcher öm et Karee ze laufe, bloß dä kranke Foß määt usjerechent jetz dem Nettche ärch ze schaffe. Jet bedröppelt setz et em Wonnzemmer. Nä, su kann et die Stündcher laufe nit ushalde, besser wör, et nöhm en Tablett jäjen die Ping. Der Jottfried steit allt en der Döör un drängk. Stolz wie et no ens ess, hät et em nit jesaat, wie schlääch et im jeit. Met dä Wööt:

„Ich muss noch ens flöck op et Klosett", verdröck et sich en et Badezemmer, för sich us dem Apothekeschäfje die Tablett ze nemme.

Wa'mer et ielich hät! Kaum ess de Döör vum Apothekeschäfje op, fallen dem Nettche ne Haufe Tablettepackunge entjäje. Et versöhk se noch all opzefange, ävver e paar lande om Boddem un de Tablette flejen durch de Jäjend. Dat hät em jrad noch jefählt. Jlich steit der Jottfried en der Döör un hält em en Prädich, wat et widder ens för zwei linke Häng hät.

En e paar Sekunde raaf et Nettche all dat zesamme un stivvelt de Packunge Tablette widder en dat Schaaf. Et jitt jo Zofäll em Levve! Zofällich lijjen zwei Tablette, die su ussinn wie die jäjen sing Ping, die et allt us der Packung erus jenommen hatt, tireck vör singe Föß. Flöck ne Schluck Wasser un dann nohm Jottfried aan de Döör, der Spazeerjang kann aanfange. De ehschte halve Stund määt dem Nettche nix us, ävver su noh un noh, de Ping hät och noch nit nohjeloße, föhlt et sich immer schläächter un dozo noch hungksmöd. Der Kopp deit wih, de Luff weed knapp, et kann kaum noch de Auge ophalde un jede Schrett weed zor Qual. Sing Föß jehorche em nit mih, de Wade knicken en, de Auge, wann et se üvverhaup noch ens opkritt, loren en zwei Reechtunge zejlich, un et kann sich nor noch met janz vill Möh op waggelije Bein am Ärm vum Jottfried, wie en labendich jewoode Jummipopp, noh Hus schleppe. Natörlich ess dä voller Sorch, ävver et Nettche sprich nit met em un säht nor met schwerer Zung dat Woot: Bett!

Wie ne Dude litt et koot drop em Bett un ess noh ner Sekund fass enjeschlofe. Zom Meddachesse, wat der Jottfried met janz vill Leev jekoch hät, kütt et zwor aan der Desch, ävver noh e paar Besse fällt em der Kopp bal en der Teller un et muss widder en et Bett, kann sich eifach nit op de Bein halde. Bes ovends schlief et, ohne sich ze bewäje, durch.

Wat maach dat för en Krankheit sin, die eine us dem Stand erus esu vum Sockel häut? Dem Jottfried weed et angs un bang. Bes vör e paar Stund hatt et Nettche doch nix? Domet sich keiner ze vill Jedanke määt, en Krankheit wor et nit. Et Nettche hatt nor, weil et sich kein Zick jeloßen hät, anplaaz sing Tablette jäjen de Ping ze nemme, en Schloftablett jenomme, die us der Verpackung jefalle wor. Et jitt evvens en Häd Pille, die all jlich ussinn. Ne kleine Schotzengel muss et ävver trotzdäm noch jehatt hann, denn wann et en Avführtablett jewäs wör, wör „im wahrsten Sinne des Wortes", wie mer en der Huhsproch säht, all dat en de Botz jejange!

Do stemmp et widder ens, dat Wohrwoot: Et weed nix su heiß jejesse, wie et jekoch weed. Ävver et wor su allt juxich jenohch, un do et Nettche söns vun der Schloftablett, wann et huh kütt, nor ein nimmp, hät et mich nit jewundert, dat et hück bei mir op Besök, noh der zweite Tass Kaffe enjeschlofen ess. No ben ich ävver doch am üvverläje, litt dat aan mir off sin dat noch de „Nachwehen", dat wör mer nämlich leever.

Wä weiß, wo et dat vun hät!

De Eldere hatten dem Franziska versproche, su jäje fünf Uhr, nomme-dachs versteit sich, vum jroße Chressdachsenkauf widder derheim ze sin. Dann künnt it och noch zwei Stündcher bei sing Freundin spille jonn. De Spilltäsch hatt et Franziska allt jepack un aan et Trappejeländer jehange. Ävver bes de Eldere widder ze Hus wore, sollt et op sing zwei kleinere Jeschwister oppasse.

Singe Broder Pitter soß allt zick üvver ener Stund em Kinderzemmer am Desch un dät sich durch et Brochrechene quäle. Jejesse hatten se allt, de Mamm hatt vörjekoch un et Franziska hatt och allt der Spöl jemaat un ens koot de Jrümmele zesammejefääch. Nevvenaan em Tralljebettche lohch et Marieche un heelt singe Meddachsschlof. Et wor jrad zwei Johr alt un kunnt ohne Schlof der janzen Daach noch nit durchhalde. Eijent-lich künnt dat Klein jetz waach wäde, daach sich et Franziska. It hatt de Schullaufjabe allt jemaat, ävver e neu Bohch aanzefange dät sich secher nit renteere. Beim ehschte Satz wöödt janz bestemmp die klein Krawall-möhn nevvenaan waach.

Irjendwie hatt et Franziska ne Japp op jet Sößes. De Mamm hatt vör e paar Dach Plätzjer jebacke, un der Jeroch wor noch em Huus. Dat die Plätzjer zom Chresskind ungerwächs wore, dät et Franziska nit störe. Dat wor jedes Johr esu, ävver secher hatt de Mamm em Jeheimfaach noch e paar lijje loße. It dät en jedem Schaaf un en jedem Spind schnäuve, nix Jescheits wor ze finge un op selvs enjekochte Marmelad hatt it hück keine Apptit.

Em Köhlschrank stundt en aanjebroche Fläsch Wing. Do kom im dä En-fall: Wingkrem künnt it maache. It wor der Mamm dobei allt off zer Hand jejange un woss su unjefähr, wat ze maache wor: Kessel jenomme, Wing erenjekipp un dann e Päckelche Puddingpulver drungerjeröhrt. Et dät jet klumpe un e paar vun denne Knubbele wore eifach nit klein ze krijje. Ejal, op der Ovve, dä aanjestallt un dann wood jeröhrt un jeröhrt. Dä Wing-jeroch dät et Pitterche aanlocke. Mem Brochrechene kom hä suwiesu

ohne de Hölp vum Papp hück nit wigger. Hä wor üvver die Idee vun sin-
ger Schwester bejeistert. Jrad en ner wichtije Röhrphase woodt et Ma-
rieche waach un dät brölle. Flöck krääch der Pitter der Schneibessem en
de Fingere jedaut un dann av noh nevvenaan.

Et Marieche woodt op der Pott jesatz, en neue Botz lohch allt parat,
un dann dorf et en der Köch om Kinderstöhlche die Kochschau met aan-
lore. Zoschauer sin immer jän jesinn.

„Franziska, die Wingkrem schleit Blose, dunn jet Zucker dren!" Dä Rot-
schlaach kom verhafticht vum Pitter. Hä hatt Woche vörherr en su ner
Kochsendung en der Äujelskess jot opjepass.

Flöck hatt et Franziska de Zuckertüt parat, un dann dät it schödde un
der Pitter röhre.

Noh ner Zick sohch die Wingkrem jenauesu us, wie die vun der Mamm.
Dat Spill vum Ovve jenomme, ens koot probeere. Widder kom der En-
wand vum Pitter: „Ich jläuve, die künnt noch jet Zucker verdrage!" Noch
ens e paar Löffele, un dann woodt der Kessel zom Avköhle en kalt Was-
ser jestallt.

No jov et Marieche sich aan et Kriesche. Et jov nix mih ze lore, un et
hatt Schless. Statt jet Appelkompott un e paar Zwieback krääch et hück
nen öntlije Teller Wingkrem.

Der Pitter hatt der Desch schön jedeck. Vun de Kristalltellere vun der
Jroß dät dat söße, sündije Züch noch ens su jot schmecke. Noh knapp
zwei Tellere woren de Pänz satt. Dat Klein woodt en de Spilleck jescheck.
Do dät et wie ne jefällte Baum ömkippe. Der Pitter hatt jetz üvverhaup
kein Freud mih am Brochrechene un laat sich jet op et Kanapee, un et
Franziska schrappte der Ress vun der Wingkrem zesamme, vill wor nit
mih do, un stallt dat Schösselche för de Nohbersch-Katz vör de Döör.

Un dann komen de Eldere heim. De Mamm jingk tireck en de Won-
nung, der Papp dät noch de Pakettcher uslade un sohch op eimol, dat sich

die Nohbersch-Katz tirvelte, wie wann se besoffe wör, un dann durch de Kood maat. Ärm Katz, hatt secher en Jleichjeweechsstörung, se wor jo och allt älder.

Dä Rof vun der Mamm us dem Wonnzemmerfinster: „Franz, Franz, komm flöck", verheeß nix Jots. Hä leet Pakettcher Pakettcher sin un jöckten en de Wonnung. Em Flur kom im de Mamm mem Marieche om Ärm allt enjäje. „Wat kann dat Klein bloß hann?" Besorch dät se dem Klein de Bäckelcher tätschele. Dat Klein dät jet brabbele, wat mer nit verstonn kunnt, hatt e föörrut Köppche, un sing Auge däten en zwei Reechtunge zejlich lore. Ävver schlääch jesennt wor et nit, un Ping hatt et och nit. „Franziska, Franziska!", reef de Mamm en ehrer Nut. Et Franziska kom och, ävver et dät jet juxich de Bein setze, klor Auge hatt et och kein mih un et Spreche feel em esu schwer, dat der Papp op eimol stonn blevv, koot üvverläjen dät un wie ne Bletz en et Wonnzemmer leef. Un do lohch et Pitterche. Et wor sillich am schlofe, dät schnorkse wie nen Ahl, hatt och ne rude Kopp un dät öntlich noh avjestande Weetschaff ruche.

Jetz woss der Papp, wat jebacke wor. De Köhlschrankdöör op. De Wingfläsch wor bes op e klei Stözje leddich.

Dat et Franziska dä Besök bei singer Fründin ehsch en Woch späder maache dorf, versteit sich vun selvs. Ävver et wor jo keinem jet passeet, un se hann alle drei bes zom nöhkste Morje richtich jot durchjeschlofe.

Wolkestore un Huhzickswöbche

Wa'mer en Kölle jeboren ess, jehööt bei der Fastelovend winnichstens
ein Setzung.

Dat weiß et Rita, e kölsch Mädche met Liev un Siel, un it määt sich nix
us dä schlau Rotschlääch vun Fründe, dat de Kaate mettlerwiel su dör
sin, dat mer för der Pries vum Wing ov Schampus bal nen Wocheengk-
Tripp noh Berlin ov München maache künnt un en eifache Fläsch Wasser
su vill koss, wie em normale Levve veer Käste dervun.

Ejal, eimal op de Stöhl stonn, klatsche, schunkele, laache, singe un Rakete
opsteije loße, dat ess dem Rita ne deefe Jreff en der Jeldbüggel wät.
Fründe hann för it un si Altarjeschenk zwei Kaate met besorch un su
maachen se sich aan nem Sambsdaachovend em jode Aanzoch un em
staatse kleine Schwatze op der Wäch en der Kongress-Saal vun der Köl-
ner Mess. En Prunk- un Jalasetzung ess aanjesaat. E klei Fedderhötche hät
et Rita sich noch flöck met e paar ahl Klämmercher en et Hoor jefrößelt,
en Fedderboa öm der Hals jefriemelt un singem Mann us dem Hobby-
keller ne Fastelovendsorde, der schön blängk, ömjehange.

Dat dat Fedderhötche un die fusselije Fedderboa keine jode Jreff wore,
weed et Rita flöck jewahr. Die Feddere wedele dem Huushär, wann it
sich driht, der janze Ovend öm Mungk un Nas. Muss hä jetz durch, et
jitt Schlemmeres.

Se hann ne wunderbare Plaaz met freiem Bleck op de Bühn. Der Fess-
saal ess en de Jesellschaffsfärve doll jeschmöck, un die Färve dunn sich
en der janze Dekorazijun rundseröm widderholle, för e Beispill en Blome-
strüüßjer, Luffballongs, Deschdecke un Luffschlange. Stiefstaats jemaate
Madamme, Madämmcher un Häre flaneere em Foyer, domet mer och
jesinn weed.

Der jode Aanzoch, villeich noch et Huhzickswöbche, weed hück ens
widder jelüff un et Cocktailkleid met nem Hauch vun Mottepulver erwaach

zom neue Levve. Et schingks, dat mer all em Lauf vun de letzte Johre jet aan Pündcher zojelaat hann, denn e paar vun dä Baselümcher setzen öntlich spack am pralle Liev.

Aan der Spetz lijjen en der Sessijun Kleider Marke „Wolkestore". Vun bovve bes ungen sin die usstaffeet un verzeet met jroße un klein Rüschewelle un die Madamme un Madämmcher wandele en Jröße S bes XXL durch de Jäng. Un aan dä jroße Wolke ess öntlich Materijal, dat de Wolkewelle huh schlage künne.

Met Orde behangen, die se bal aan de Äd trecke, jeselle sich die staatse Häre bei die Madamme un der Saal deit sich fülle. Mer bestellt sich jet för ze drinke. Hück lort mer nit esu tireck op der Pries, weiß ävver, dat mer beim Bezahle op de drette Zäng bieße muss.

He un do knestert un raschelt et en de elejante Ovendtäschjer en Gold, Selver un en Jobeläng. Salzstange, Nöss, jet Schukelad un e paar selvsjebacke Muuzemändelcher wäde jet scheneerlich om Desch verdeilt. Mer darf jo eijentlich nix metbränge.

Dä, do kütt hä, der Här Präsident! Hä fingk launije Wööt, för die Lück em Saal zo bejröße, un dann jitt hä de Bühn frei för der Aanfang - Einzug der Jladiatoren -, alsu Opmarsch vun jeföhlte dreihundert Funke. Nohm Eröffnungsdanz jeit et Schlaach op Schlaach em Projramm wigger. Beim Rita am Desch och. Beim ielije Avrüme vun ner Kiesplaat rötsch e welk Schlotblättche vum Teller un landt beim Nevvemann vum Rita tireck op der Plaat. Dat jewellte klei Blättche jitt der Plaat ne janz besondere Peff, un et Rita kann et Laache nit janz ungerdröcke. Schingks, dä Nevvemann ess keine Kölsche. Wie e Mimösje, öntlich beleidich, lort hä et Rita der janze Ovend selvs met der Fott nit mih aan. Schadt, et hätt esu schön wäde künne.

Widder ne Redner. Der Här Präsident deit singe Vördraach met blomije Wööt lovve un säht beim Verschenke vun de Präsente (dies Mol ne Orde un en jroße Packung Praline): „Das Süße steht hinten breit..." Hä meint natörlich: „Das Süße steht hinten bereit." Dat söße Saache hingen breit maache, weiß et Rita och ohne Fastelovend, weil si Cocktailkleidche keine Hüvvel am Liev verjiss. Die Red vum opjetrocke Dreijesteen hät et en sich. Der Prinz strohlt üvver beidse Backe, flitz wie ne Dillendopp üvver die Bühn, singk en ner unbekannte Tonaat, die dem Rita Trone en de Auge driev, un wünsch alle Minsche em Saal för de „letzte" Däch noch jet Freud!

Eijentlich hatt et Rita nit vör, en de nöhkste Däch allt der Löffel avzojevve, it mööch winnichstens noch Wieverfastelovend fiere un der Rusemondaach erlevve. Söns ess et för jot Rotschlääch immer ze hann, ävver dä he, dä lieht et jetz för de nöhkste Zick ehsch ens links lijje. Kölle Alaaf!!

Fastelovend ess nit bloß superjeil!

Der Literat steit em Badezemmer vörm Spejel un lort sich aan. Dat kann doch nit wohr sin! Ess dat Jeseech met Auge, die deef en düüster rund Löhcher lijje, met ener Huck, die, kalkwieß un jet jrönlich, mih nem ahle Perjament jlich, dobei en Stemmung, die aan e Staatsbejrävnis erennert: Ess dat verhaftich et ming? Un su kapott muss ich och noch nohm Feschesse jonn!

Üvver sechs Woche hann ich die janze Poppeköpp vun der Jesellschaff bal jeden Ovend jesinn. Dat wor nit bloß „reine Freude". Irjendeiner vun denne, die jläuve, et besser zo künne, hatt immer jet för ze nöttele. Mänchmol künnt mer se...! Wann der Vörstand em neue Johr Lück sök, die sich en dat janze hade Jeschäff kneene solle, versteit sich för Joddesluhn, dann meldt sich vun denne Schwadlappe nie einer; dann hann se de Muul voll Zäng. Ävver wann et öm et Meckere jeit, sin se flöck bei der Hand.

Ejal, et hät och dis Johr widder alles jeflupp. Der Präsident hät vill Lovv usjesproche, wie schön de Setzunge wore. Et Projramm hät ens widder bes op et I-Tüppelche jestemmp. (Wann dat anders wör, wör ich dat suwiesu all schold.) Jot, dem Här Präsident wor et Projramm jet zo dör, schleeßlich ha'mer en ärm Jesellschaffskass, ävver komisch, trotzdäm maache mer e Plus. Jedes Johr der jliche Verzäll.

Hät ming Frau och der Smoking us der Reinijung avjehollt? Hoffentlich der richtije. Wiesu muss mer üvverhaup för et Feschesse ne Smoking aantrecke? Uns Jesellschaff deit sich villeich nen Däu aan, immer jet Besondersch: Meer hann nämlich ene Äschermettwochs-„Ball"! Wä vun denne Stinkstivvele hät sich dat widder enfalle loße? Dat kann doch nor einer jemaat hann, dä weder am Fastelovendssonndaach noch am Rusemondaach mem Zoch jejangen ess. Dä hät bestemmp kein Plattföß esu wie ich. Ich kenne doch dat „Ball-Spill". De Kapell spillt zom Danz op un die, die sich sechs Woche lang nit vun der Stell bewääch hann, drihe sich jetz wie de Dillendöppcher un maachen uns Käls aan der Front de Schangkse kapott.

Et weed mer jetz allt schlääch, wann ich aan de Dekorazijun em Saal denke. Us jeder Eck laach mich e Clownjeseech aan. Ich hann de Nas voll vum Fastelovend, et wor ens widder satt un jenohch. Kein Luffschlang un kei Konfetti mih.

Näächtelang kunnt ich nit enschlofe, unungerbroche wor ich am singe: „Leev Marie, ich bin kein Mann für eine Nacht. Nä, wat wor dat doch fröher en superjeile Zick. Wenn am Himmel, de Stäne danze..." Wann die Kapell ei Leed dovun hück spillt, ben ich durch de Döör, kann der Senat minge Fesch metesse.

Muss ich ihrlich esu dunn, wie wann meer der Äschermettwoch noch zom Jlöck fähle dät? Dobei hät mi Altarjeschenk allt de Koffere jepack. Morje en aller Herrjottsfröh jeit et ehsch ens erus, fott vun Kölle, en der verdeente Winterorlaub, bloß nit mih aan der Fastelovend denke.

Ävver hoffentlich weed dat he en „superjeile Zick", söns krijjen ich noh e paar Dach doch allt widder Heimwih noh Kölle un och noh all minge jecke kölsche Poppeköpp. Et ess wie et ess.

Endaachsfleech

Wann morjens fröh sich Möhne schminke
Deit Wieverfastelovend winke.
E ech kölsch Mädche muss dann erus,
Dat bliev nit met der Fott em Huus.
Et bruch die Leeder un die Trumm,
Bützjer vun nem kölsche Jung.
Et ess si Fess bloß eine Daach
Vun morjens fröh bes en de Naach.
Fingk et dann ne staatse Kääl
Jot jewaahße un nit schääl,
Dann jeit dat Hätzekülche op,
Höpp luuter wie ne Dillendopp.
It denk voll Spass un fruhem Laache:
Hück dunn ich mer die Freud ens maache
Verjesse all dä Alldachstrott,
Dä kann wade, läuf nit fott.
Säht hä dann: „Do bess mi Weech
Met dir ess Fiere e Jedeech,
Lo'mer en der Himmel danze,
Die kölsch Hätz hät bei meer Schangkse.
Wöss jän jet mih us dingem Levve.
Wo bess do bloß bes hück jeblevve?
Hann mi Levve lang aan dich jedaach.
Mädche, dat weed hück uns Naach.
Ben Jungjesell, ben fließich, treu,
Sujet wie do ess för mich neu.
Met dir jonn ich, ejal wohin.
Komm, loss dich bütze, dat muss sin."

Su jeit dat Kreppche bes deef en de Naach.
Et weed nit drüvver nohjedaach,
Et ess Musick för Siel un Hätz,
Doch mehschtens ess et nor Jeschwätz.
Am nöhkste Daach stonn de Wolke jet schrääch.
Secher wor vill jeloge, am Morje, bei Leech,
Ejal, mer kunnt optanke för e janz Johr;
Mer kennt et - un villeich wor doch ei Köönche wohr.

Et Rejalt üvver Strüüßjer un Kamelle!

Rusemondaach! Et Sönnche laach vum Himmel, wie et sich för Kölle jehööt. De Päädsstaffel vun der Pulizei ka'mer allt aan der Eck sinn. Et pass all, wie em Bilderbohch! Mer künne vun der Tribün de Foßjruppe bal met Handschlaach bejröße.

De ehschte Musickkapell: „Die Hüüsjer bunt om Aldermaat", ne ahle Fastelovendshit.

Ävver die, die dohinger kumme, die hann et hück nit mem Werfe. Dat fängk allt jot aan! Die Kniesköpp bieße jo bal jede Kamell noch ens durch. Strüüßjer! Kamelle! Bützjer!

He, Blaue Funk, no drih dich doch ens noh meer eröm! Met där Tafel Schukelad hätts do no verhaftich besser ziele künne. Nix mih en de Maue? Jetz kütt einer, dä kennen ich jot! Willi, Willi, Wiiilli...! Hä lort mer tireck-temang en de Auge un süht mich nit. Wadt Käälche, wann ich dich bei der nöhkste Setzung treffe, dann häss do et hinger deer.

Wat, ess? Mer sin allt bei der Jrupp met der Nummer dressich, un bes jetz hann ich bloß drei schlappe Quotestrüüßjer un e paar Tafele Schukelad jeschnapp. Ess ne ärch schwache Jewenn.

Alsu, alsu wann ich morje mem Zoch om Ihrefeld jonn, schmeißen ich met de Kamelle öm mich, dat et nor esu kraach!

Do stonn die doch jeschlagene zehn Minutte vör unser Tribün un werfe nix. „Kniesköpp!" hören ich mich rofe. Woll ich eijentlich nit laut sage, ich dunn mich jet schamme. Ävver... leever Jott, op en Hand voll Kamelle weed et denne doch nit aankumme. Kribbelwasser suffe, dat künnen die, ävver werfe!

Och, do kütt der Achim, süht mich nit! Och, do ess der Hermann, süht mich nit! Do, bovvenhuh om Wage, do steit jo et Karin. Karin! Karin!!!!!

Un dat nennt sich Fründin, süht mich och nit. Ich woss jar nit, dat dat esu schääl ess. Nä, dat kann doch nit sin, do kütt allt et Dreijesteen un et Engk vum Rusemondaachszoch ess do.

Hück, Fastelovends-Diensdaach, jonn ich et ehschte Mol mem Ihrefelder Zoch. Die Lück am Stroßerand künne sich freue. Vun meer krijjen se hück dat, wat se welle, Kamelle un Strüüßjer satt!

Ich zorteere mi Worfmaterijal hinger de Britz un en de Worfkässjer. Et süht janz öntlich voll us. De Schukeladekartongs, Kamellebüggele un Strüüßjer stivvele ich noch öm mich eröm. Fädich! De ehschte zehn Meter un dann sin mer och allt medden em Jewöhl. Vör minger Nas wäde klein Puute met Plastikbüggele un Emmere huhjehalde. All schreien se: „Kamelle, Strüüßjer!" Hann ich jester och esu jebröllt? Un do do vörre, do kriss nix, mer hann he keine Manni om Wage. Muss do deer ne andere Name enfalle loße.

Leev Herrjöttche vun Biberach, ka'mer noch nit ens zehn Minutte stonn blieve, ohne unungerbroche werfe zo müsse? Wä soll dat dann all bezahle? Typisch, jetz rofen se natörlich tireck widder „Kniesköpp". Se hann all kei Verständnis för dä Stau. Unmüjjelich!

E Jläsje Kribbelwasser deit mer jetz jot...un do fällt mer jlöndich heiß op: Ich benemme mich jenau esu wie jester die Lück em Rusemondaachs-zoch. Et kloppe zwei Hätze en minger Bruss. Dat Rusemondachshätz steit unger met mer op der Stroß un jeert noh jedem Strüüßje un jeder Kamell. Met mingen Fastelovensdiensdachshätz föhlen ich mich bovven, huh op dem Wage, wie en Künnijin üvver e paar dausend Kamelle, e paar hundert Tafele Schukelad un Strüüßjer. Hück hann ich et Rejalt, kann verdeile wie un aan wä ich well, un wann ich janz ihrlich ben, jeneeßen ich dat Rofe un Winke. Jot, e bessje schrabbisch sin de Minsche am Stroßerand, ävver beim Wiggerrolle schüüß mer ne Jedanke durch dä möde Fastelovendskopp: Ich weiß doch selvs, wie vill einem su e halvverdrück Strüüßje vum Zoch bedück un wie jot su en möhsam jeschnappte Schukelad schmeck. Mer soll de Freud doch deile, un wann ich nix mih hann, dann hann ich evvens nix mih för ze werfe, ävver de Lück am Stroßerand hann sich jefraut. Maat all wigger esu – un Kölle Alaaf!

För ein Naach?

Em Fastelovend deit ne Kölsche
Su fiere, bes dat nix mih jeit.
Do, wo de Minsche laache, singe
Et leevs hä meddendren dann steit.
Kennt hä et doch: Bes Äschermettwoch
Ess en Kölle su vill mangks,
Met Schellebäum un decke Trumme
Määt mer nem Frembche allt ens Angs.

Deit mer dann met un liet sich trecke
Erkennt mer flöck: Dich dräht he Freud,
Un föhlt sich wie erenjebore,
Nit ein Minutt, die mer bereut.
Mer danz durch Säl, durch Stroße, Jasse,
Verläuf sich en ner Wunderwelt.
Süht Maske, Clowns, bungk Baselümcher
Un föhlt sich frei, allein dat zällt.

Do strohlen Auge hell wie Stäncher,
Rut aanjemolt der Mungk, dä laach,
Unger der Färv nit zo erkenne
Verlieb mer sich bloß för ein Naach.
Et Hätz määt Sprüng! Jung, dat ess Levve!
Aan däm Spill hät Amor Pläseer.
Nit wiggerdenke, eifach dräume,
Halt fass dat Jlöck, hück ess et deer.

Doch unophaltsam läuf dat Ührche.
Der Fastelovend hät sing Zick.
Stunde verrenne wie em Rüppche,
Et Engk ess jar nit mih su wick.
De fünfte Johrszick - vörüvver
Un mer verleet sich em Jewöhl:
Bes nöhks Johr, Leevje, wa'mer Jlöck hann
Un danke för dat „Draumjeföhl".

Dat jov et fröher nit

Et klingelt pünklich öm drei Uhr aan der Döör. De Schwijjermutter steit em Rahme. Nit jrad, weil se mich esu jän hät, nä, se kütt immer friedaachs, wann ich jrad fresch jeputz hann, et Enkelche un natörlich „ehre" Jung, alsu mi Altarjeschenk, besöke.

Jet unschlössich bliev se jedes Mol stonn, lort mich met nem scheive Jriemele aan un wadt op mi Kommando. Un dat Kommado heiß: Mutter, do kanns jän eren kumme un de Schohn aanloße, die Kachele ka'mer jot putze. Kei Problem, die sin versiejelt.

Un dann kütt et widder, dat leichte Koppschöddele un dat leis Jemummele en dat sigge Halsdohch: „Dat jov et fröher nit, fröher moot mer de Schohn ustrecke, wa'mer en et jode Zemmer jingk." Ich dunn, wie wann ich nit jot höre, bränge die ahl Lady en et Wonnzemmer un rofe us der Köch: „Mutter, wat mööchs do hann, ne Kaffe, ne Milchkaffe, ne Cappucino odder ne Kakau?"

Zoehsch kütt kein Antwoot. Se ess immer widder verbasert, dat ich dat all us einer Maschin zaubere kann, un jedes Mol säht se janz leis: „Kind, ne eifache Kaffe wör mer jenohch." Met där janze Technik kütt se eifach nit zoräch, un wie ich ehr dä Kaffe en et Wonnzemmer bränge, hören ich widder dä leis jejrummelte Satz: „Dat jov et fröher nit, fröher woodt för jede Tass Kaffe der Kaffe frisch jemahle un dann met bröhheißem Wasser opjeschott."

Mänchmol deit ming Schwijjermo mer wirklich e bessje leid. Et muss schwer sin, sich aan all die Neuerunge zo jewenne, die för uns selvsverständlich sin.

En jot Stund späder steit minge Mann en der Döör. Hä hät hück fröher frei. Hä arbeidt nor noch halvdachs, weil mer uns die Kindererziehungszick deile. Jeder kann dat för e paar Mond maache. Wie sing Mamm dat et ehschte Mol jehoot hatt, dat usjerechent ehre Klein, dä staatse, intellente, dolle Poosch – Pänz blieve jo, ejal wie alt se sin, för de Mütter immer klein – jetz jet Huusmann spillt, schlohch ehr bal der Plaggen en. Natörlich kom die Frohch op: „Kann ding Frau dat Kind nit allein jroß trecke? Wat maat ehr dann för e Spillche dodrus? Ich hann dich un dinge Broder och allein jroß jetrocke. Der Papp moot jo et Jeld verdeene." Un dann kom et widder: „Dat jov et fröher nit, en Frau jehööt en et Huus un aan der Ovve."

Hück säht se dat nit mih, ävver ich kann en ehrem Jeseech lese, dat ich dä ärme Jung nor usnötze. Eijentlich ess dä ze schad för mich. Un wie se ens jehoot hät, dat minge Mann sich av un aan, wann et drängk, och allt ens e Hemb selver büjele muss, do hatt ich janz verspillt, denn dat jov et fröher allt ens jar nit. Unmüjjelich! Der Papp hädden sich nie e Hemb jebüjelt, un dat hädden se sich och nit nemme loße! Dat wor ehr Flich als Ihefrau.

Ich kann mettlerwiel jot dodrüvver lore. Wann et Enkelche dann waach weed un der Jroß en de Ärme flüch, ess de Welt widder en Odenung, bal en Odenung, denn dä Klein hät en naße Botz. En naße Botz! Allt bal drei Johr alt un noch nit drüch. Dat jov et fröher nit! Dinge Mann wor allt unjewöhnlich fröh drüch.

Minge Mann laach mich dann aan un rollt jet met de Auge. Sing Mamm ess evvens ärch stolz op in un üvverdriev och allt ens jet. Wa'mer dat all jläuven dät, wat se esu vun im verzällt, dann wör hä bal drüch, janz windelfrei, natörlich met Zäng un nem exzellente Huhdütsch op de Welt jekumme. Mütter! Schwijjermütter!

Wann et öm et Esse jeit, muss ich jet oppasse. Ich hatt mer als Üvverraschung ens jet janz Dolles usjedaach, wat de Schwijjermutter bestemmp noch nie jejessen hatt.

Sushi! Öm Joddeswelle, nie mih su ne Versöhk. Rühe Fesch esse! Wat ich mer enbilden dät? Nä, un wann üvverhaup rühe Fesch, dann nor nen Hirring. Un wat soll dat, weed bei üch nit mih wärm jekoch? Dat jov et fröher nit.

Wat et fröher all nit jov, hören ich dann wigger. Mer broht kein zwei Badezemmere för drei Lück, en Zinkbütt, eimol en der Woch huhvoll för de janze Famillich, wor jenohch. Mer broht keine Haufe Zoote Tee, Peffermünztee dät klein Malätzichkeite heile. Et lohchen kein dör Illustreete för ze lese om Klosett, nä, nor ahle Zeidunge. Dat Papeer broht mer, för de Fott avzeputze un immer fresche Jästehanddöhcher, dat wör all üvverdrevve. Ei dunkelblau kareet Dohch dät domols en janze Woch för de Famillich recke.

Un en et Usland en Ferie fahre, dat jov et fröher nit. De Eifel un et Berjische wore wick jenohch. Schleeßlich moot mer mem Bus fahre un hatt nit, wie die jung Famillije hück, zwei Autos. Zwei Autos, dat ess doch en Sünd för de Ömwelt. Un dat muss doch minge Jung all verdeene. Kann dä üvverhaup noch naaks schlofe? Hä ess esu blass.

Mänchmol kann ich dann nit mih aan mich halde un röcke e bessje der Desch jrad zweschen minger Schwijjermutter un meer, denn blass ess „der" Jung, weil hä jester Ovend käjele wor un öntlich jetank hät, dobei wor secher ei Kölsch vun mindestens fuffzehn schlääch. De Mamm säht nix, un ich weiß och woröm, denn dat jov et fröher och allt ens beim Schwijjervatter. All dat hät sich nit verändert, un dat jov et fröher allt, dat Schwijjerdööchter un Schwijjermütter nit immer einer Meinung sin. Ävver nöhkste Woche dunn ich för se jet Öntlijes wärm koche, domet endlich ens jet wie fröher ess.

Der Paffendorfs Hippie-Tünn

Vun wiggem ka'mer en allt erkenne met singe lange Hoor, singer Kord-botz met dä decke Reppe, aan der Fott öntlich usjesesse, un singem ka-reete Holzfällerhemb. Die lange Hoor sin noch ne Ress us der Hippiezick, die hä wal öntlich jenossen hät. Doch sollt jetz einer jläuve, hä dät met där Frisor, die kein ess, singe Kahlschlaach om Hingerkopp versteche, dä verdeit sich. Hä steit zo singem Kopp voll Hoor, ovschüns hä mänchmol doch versöhk, singe Scheitel jet deefer, su en der Nöh vum Ohr, ze trecke un laach selvs üvver sich, wann e Windche kütt un die Hoor eröm flaastere un noh alle Sigge vum Kopp avstonn. Ävver e bessje jeck darf mer als Künsler jo sin, un ne Künsler ess hä.

Sing jroße Leev jehööt ahlem Möbelemang. Hä restaureet jedes Deil zosamme met singer Frau un hängk dann dodraan, wie aan nem eijene Kind. Joht ens en si Jeschäff un loßt üch berode. Der Tünn kann vill vun jedem Möbelstöck verzälle, weiß mehschtens, wo et herrjekummen ess, un sprich dervun, wie vun nem Weckelditzje, wat et Laufe noch lihre muss. Mer ess noh all dä Endröck dankbar, wann hä noh ner Stund ov zwei jroßzöjich nick un mer dat Schaaf ov die Kommod endlich kaufe un bezahle darf. Dat jekaufte Deil weed dann en nem ahle Kombi, dä allt besser Zigge jesinn hät, jot en decke Decke verpack, aanjelivvert un faachmännisch opjestallt. Off muss mer als Käufer och allt ens met Hand aanläje, weil dat Möbelstöck för einer allein vill zo schwer ess. Brich mer dann unger der Lass bal zosamme, kütt dä Satz: „Wä sich su e Deil käuf, der muss och doför jet ligge. Doht noch e klei Minüttche durchhalde!" Dat Jlöcksjeföhl, noh Krämp em Ärm losszoloße, ess nit zo ungerschätze un steijert der Wät vun däm Antikche.

Letzte Woch hatt hä allerdings jet winnijer Zick för sing Kommödcher. Ne Frisörbesök wor fällich. Hä jeit zwor nit off, su alle 4 bis 5 Monde, ävver av un aan muss et sin. Öm die neumodische Frisörsalons määt hä ne Boge. Allein die Name vun dä Jeschäffte dunn en jet störe: Haupt-sache, Schnittig, Haarig, Kopfsache, Kamm in, Pony & Clyde, Schnitt-stelle, Haarmonie, Vier Haareszeiten.

Hä jeit leever bei singe ahle Frisör em Dörp, dem Kellers Schmal. Op die Frohch: „Frisor wie immer?" säht hä nor „jo" un stellt am nöhkste Morje beim Föne fass, dat der Kellers Schmal „wie immer" secher bei jedem fröhch, sich aan singe ahle Kopp ävver nit mih erennere kunnt. Et wor eifach schlääch jeschnedde, alsu widder hin. Dismol schnigg der Schmal jenohch av un dat bemerk der Tünn am nöhkste Morje. En die linke Hippiepraach hät dä e Lohch jeschnedde. Trotz Föne un Trecke üvver de Rundbösch, dat em bal de Kopphuck entjäjekütt, kritt hä nit die jewennte Föll op de Reih. Ävver op der räächte Sick ess nix fott. Hä süht bovveneröm bedresse us. Noch ens hin? Nä! Der Schmal kann en jetz ens. Doch esu kann hä sich, och em Dörp, wo mer en kennt, nit blecke loße. En Fründin, die och dä Berof jelihrt hät, hilf em us der Bräng. Se schnibbelt he jet un do jet, un die schön Hippiefrisor, die för der Tünn en „Weltanschauung" ess, weed winnijer un winnijer. Morjens, noh dem üblije Wasch- un Fönjang triff en bal der Schlaach; e deck Ringelstätzlöckche schlängelt sich aan der räächte Sick hingerm Ohr huh. Hä ess sich janz secher, dat dat Stätzje vörher nit do wor.

Jetz kütt der letzte Versöhk: Aanrof bei nem bekannte Stadtfrisör. Am Tilefon deit hä däm Meister vun der Schier useneinposamenteere, wat sing Nut ess. Natörlich kann dä kein Ferndiagnos maache, ävver der Satz: „Wir kriegen alles hin!", määt unsem Tünn Mot.

Widder op dä Marterstohl. „Wie hätten Sie es denn gerne?" Unse Tünn lort sich jet öm un süht bei dä junge Käls, die nevven em sitze, janz doll Frisore: koote Hoor, usraseete Nacke, blonde Strähncher. Zom Frisör säht hä: „Us mingem Hoor mööt mer doch en Frisor maache künne, villeich su wie die do", un zeich op der junge Poosch nevvenaan.

Der Meister steit allt för aanzefange parat. Dat Woot „villeich" hatt der Tünn wal zo leis usjesproche, denn langksam ävver secher weed et em om Kopp jet kalt. Singe Bleck op der Boddem versetz em ne Schock, vill Hoore kann hä nit mih hann.

Met usraseetem Nacke, mih wie strichholzkootem Hoor un nem bedröfte Laache steit hä donoh em Lade.

Ävver, die neu Frisor steit em ihrlich jot, un wa'mer su vill met ahl Saache ze dunn hät, muss mer och ens Mot för jet Neus hann, ußerdäm ess die Hippiezick out. Un en d i e Frisor kann der ahle Kellers Schmal, selvs wann hä sich aanstreng, kei Lohch mih schnigge.

Baldrian un Kölsch, e jot Jeföhl!

Der Schorsch un et Hannelörche maachen allt bal veezich Johr Ferie em eije Wonnmobil, un woröm? Janz eifach, su hann se immer de eije Fluhkess un et eije Möblemang met dobei, un et ess jenöhchlich, wie derheim. Se kennen dat all, wesse wo alles litt ov häng un künne do aanhalde, wo et pass un wo et schön ess.

Dis Johr hatten se, wie en de letzte Johre, et Enkelkind, der Tim, en de Schullferie widder enjelade met noh Holland en ne janz dolle, wie säht mer dat hück, „Vergnügungspark" ze fahre. Der Stellplatz för et Wonnmobil, jeplant wore zwei Woche, hatten se allt lang för vill Jeld reserveet un no woren se am packe. Mondaach sollt et janz fröh lossjonn, un der Jung wor ziggich met Koffer un Luffmatratz aanjereis.

Ävver vörher moot der Schorsch noch e paar Arbeitsjäng fädich maache. Dat ahl, avjestande jebruchte Wasser us dem Wassertank moot entsorch wäde. E Tüürche öm der Block wor fällich. Der Wasserkrahn bovven am Spölbecke woodt opjedriht – su määt mer us jebruchtem Wasser Avwasser – dat leef en der Avwassertank un dann noh unge fott. Jetz noch e paar Ründcher öm et Karee fahre, för dat ahle saubere, jet möffije Wasser eifach nor avlaufe zo loße. Fädich! Wor jo nix Fieses, der Schorsch kannt dat Spill un maat dat bal em Schlof. En de ehschte Kurve muss et dann passeet sin. Der Stoppe vum Wäschbecke wor durch die rasante Kurverei verrötsch, hatt dat Avfloßlohch verstopp, et Wasser leef wigger, nor nit mih erus, nä, jetz e n et Wonnmobil. En Zick vun e paar Kürvjer stundt et Feriehüüsje op Rädder fünf Zentimeter huh unger Wasser. Et dorten e paar Stund bes et all widder drüch un sauber wor. Die Tuur noh Holland kunnten se hück nit mih packe, ävver bes Kleve komen se dann doch noch aan däm Daach.

Natörlich hatten se all öntlich Schless, jrad en Orlaubsstemmung kritt mer Aptitt. Flöck noch et Essbesteck op der Desch... flöck jingk nit, et Besteckschoss stundt noch bes bovvenhuh unger Wasser un de Kaffe- un Eierlöffelcher woren jrad et „Seepferdchen" am usprobeere.

Widder woodt all dat drüch un sauber jemaat, ävver jetz moot et Hannelörche sich mem Koche jet zaue, hungrije Käls dragen nit jrad zo nem jenöhchlije Famillijeovend bei. Dat futzije Jasflämmche, wat et Hannelörche met vill Jedold un Möh aan et Levve jebraat hatt, jingk met nem metleidije kleine Puff widder us, un dobei dät et blieve. Et jov noch e paar erbärmlije Jeräusche av, wie wann einer beim Zäng putze jet jurjele dät, un dann „ aus die Maus". Et lohch jo op der Hand: Och he stundt alles kumplett unger Wasser. Muss ich et einem noch verklöre, dat die Schängereiwöder, die sich de Famillich aan der Kopp jeknallt hatt, nit unbeding jet för fing Lück jewäse wöre. Natörlich moot mer met Jas vörsichtich sin. Alsu woodt met Wattebäuch un Ohrstäbcher, ungerstötz vun immer mih Lappe un Läppcher su lang jeputz, bes dat selvs ne Hauch vun Wasser nit mih zo spöre ov zo sinn wor. Un, de Jasflamm dät et widder, ävver jetz hat keiner mih Schless.

Doch morje jingk et op jede Fall wigger noh Holland!

Nohm ehschte Klosettjang am nöhkste Morje wor för der zweite allt kei Wasser mih do. Wor jetz och noch de Wasserpump am Aasch? Moot mer pröfe! Wä? Der Schorsch wor widder jefrohch un dat heeß: De Secherunge, ävver och all Secherunge üvverpröfe, wann nüdich neue enklemme ov en neu Wasserpump enbaue. Noh drei Stund fehl dem Schorsch op, dat jetz kei Leech mih brannt. Hatt hä doch en Secherung verjesse?

Irjendseiner vun der Famillich, nä, et wor wie söns keiner, alsu „der drette Mann", hatt der Haupschalter vun däm janze Spill avjestallt. Wann et eimol läuf, dann läuf et!

Trotz däm janze Jedöns, Holland kunnt mer allt sinn. Et wor ne jode Stellplatz tireck am Meer, Luff su leich un weich wie e Fedderche, die miese Stemmung kom langksam widder op der normale Pejelstand, un e bessje Äujelskess lore wör jetz jet för der Orlaub enzolügge.

Och, de elektronische Sat-Peilaanlaach fuhr nit huh, de Äujelskess kom ehsch jar nit us der Versenkung erus. Widder „tote Hose". Zwei Stund

nohm Fähler jesook, nix jefunge, us Wot alles avjeklemmp, neu aanje-
schlosse un, et Wunder vun Holland: De Antenn un de Äujelskess komen
huh. Jubel em Huus un dann woren nor noch e paar Kölsch un Baldrian-
droppe aanjesaat.

Ävver söns, söns hatten die drei Orlauber schön Ferie. Jot, dat der Stell-
platz su noh aan dä janze Verjnöjungsattrakzijune wor un der Jeräusch-
pejel vun morjens 9.30 Uhr bes ovends 18 Uhr mih aan der Flohchhafe
Köln-Bonn erennere dät, kunnt keiner wesse. Doch pünklich öm 18.30
Uhr wor dann endlich Rauh. Nojo, nit janz, e bessje Foßballspille vun der
Stellplatz-Nohberschaff wor aanjesaat su zweschen, vör un öm et Wonn-
mobil vum Schorsch un vum Hannelörche. Maat enne eijentlich nit su vill
us, ußer, dat se enne bal met jedem Schoss, et woren nit jrad bejnadete
Foßballer, de Botter un de Woosch vun de Botterramme jeschosse hann,
vun de Fehlpäss, die alle paar Minutte jäen dat Wonnmobil donnerten,
ens avjesinn. De Schieve däten nor noch zeddere.

Et Hannelörche wor am Koche, nit jrad op kleinem Flämmche. Noh e
paar saftije Aanmerkunge vum Schorsch, die ärch fründlich met „do
Aaschloch" un „do blöde Sau" vun de Nohberschlück kommenteet
woodte, Toleranz ess em Levve alles, woodt dann op Fedderball
ömjesaddelt un wat kom erus? Jetz höppten de Fedderbäll op de
Botterramme, en et Kölsch un öm de Köpp.

Jede Ovend hatt et en sich. En Tortur. Schleeßlich hatten se för veezehn
Dach dä Platz bezahlt un wollten nit et Handdohch wirfe. Ävver se hann
sich aan klein Saache erfreut. Et jov kein Üvverschwemmung mih, un et
Hannelörche kunnt immer wärm koche. Derheim hann se sich dann
endlich ens widder richtich usjeschlofe.

Nit allt widder e Bild

Die Pänz us der zweite Klass vun der Jrundschull wollten sich dis Johr ens jet janz besondersch zom Muttertag enfalle loße. Nit wie söns, e jemolt Bild, wat de Mamm dann widder aan der Köhlschrank hange wöödt, för dodrop zo hoffe, dat dat Kunswerk met der Zick vun selvs avfeel. Nä, dismol hatten se sich all för e Blömche entschidde, wat am Johrsaanfang noch klein wör, wat se ävver dann met janz vill Leev bes zom Muttertag met de eije Hängcher jroßtrecke künnte. Do nit vill Jeld en der Klassekass wor, mer ävver op jede Fall nit op e jefällich Blomepöttche verzichte woll, kom et Frollein Klassenlehrerin op dä Enfall, en Jroßbestellung bei nem Blomelade em Veedel zo maache, dä natörlich för die Pänz e bessje am Pries drihe wöödt. Die Jroßbestellung vun 30 Pöttcher woodt jemaat un die Pänz heelten irjendwann jederein e Blomepöttche, wat wie ne löstije Clown met deckem Buch ussohch, en de Häng. Der decke Buch wor e jroß hohl Lohch, quasi dat Planzdöppche.

Dozo kom, dat mer sich noh kootem Berode mem Jädener, jemeinsam entschloss, klein Kakteen, die wie ne kleine decke Penn ussohche, robus wore un e lang Levve hatte, zo kaufe. En der ehschte Schullstund noh de Winterferie planzten dann die Pänz jemeinsam met der Lehrerin die Mini-Kaktee en die Clown-Pöttcher, un mer sohch se bal jede Woch e Stöckelche waahße. Wie endlich der Ihredaach för de Mamm vör der Döör stundt, kom en Üvverraschung op die Pänz aan, womet se nit jerechent hatte: Se dorften nit, wie besproche, der Mamm die selvsjetrocke Kakteen schenke, nä, der Här Rektor hatt, ohne jet zo sage, die Kakteen erusjeschmesse un usjetuusch jäjen klei Efeuplänzjer.

Die Pänz woren öntlich soor op der Rektor un vör allem dodrop, dat se nit wooßte, woröm die Ömtuuschakzijun üvverhaup passeere moot. Se hatten doch met eije Häng die Blömcher jefläch ov schenk mer der Mamm aan su nem Daach keine Kaktus? Dä wirkliche Jrund för dat Ustuusche hann die Puute nie eruskräje, ävver et jov ei Foto, wat der Rektor ein Woch för Muttertag jemaat hatt. Ehr hatt doch Fantasie! Künnt Ehr Üch dat Bild – Clown met Stab-Kaktus em Buch – vörstelle?

Wann et Blot koch

Et Elli un der Döres woren em verjangene Johr ömjetrocke. Se hatten zwor en schön Wonnung bovven huh ungerm Daach, ävver die schräje Wäng un die Hetz em Sommer woodt enne eifach zo vill. Koot un jot, jetz hann se en jroße un helle Wonnung, ehschte Etaasch, met dollem Balkong, allt mih wie en Terrass, un nem freie Bleck en et Jröne.

Jot, dat dat Jröne der Kirchhoff vum Dörp ess, woödt andere villeich störe, die zwei ävver nit. Schleeßlich wessen se jenau, vun där Sick kann keine Radau un kein laute Musick kumme. Dut ess dut, dodrop künnen se sich blingk verloße.

Der ehschte Sommer em neue Heim wor ne Jenoß. Der Balkong woodt zom zweite Wonnzemmer, un de Blome en dä neu Blomekäste, aan denne se ihrlich nit jespart hatte, maaten dat all zo nem Minijade.

Eijentlich dät all dat stemme, eijentlich. Wat nit stemme dät, dat wor dat Jedöns met de Fleje, Möcke un ander Krabbeldeercher met Flöjelschlaach. Die „Einflugschneise" nohm Kirchhoff op der bijolojisch avbaubare Komposhaufe jingk wal jenau üvver der Balkong vum Elli un vum Döres. Jrad wann se ovends de Döör op hatte, för noch jet vun der fresche Ovendluff metzokrijje, joven sich su quasi de Fleje met de Möcke un de Motte de Döörklink en de Hand. Et Wonnzemmer hatt et denne Deercher aanjedonn, un der Döres wor de mehschte Zick vum Ovend draan, met der Flejeklätsch die nit enjelade klein Vampircher avzomurkse. Natörlich trof hä se nit all, un die Revanche wor, dat et Elli un der Döres Ärm un Bein zerstoche hatte. Jöck ess schlemmer wie Ping. Der Döres wor vör Wot, weil hä eifach jäjen die Biester nit aankom, am koche.

Dis Johr mööt dat anders laufe. En der Dachszeidung hatt der Döres e Werbeblättche vun nem Baumaat jefunge, der Flejejitterdörre, janz eifach selvs zosamme zo knuve un enzobaue, för jede Balkongdöör, aanbeeden dät. Dat wor jenau dat, wat hä för singe möckestechfreie Sommerdraum broht. Un et woodt su en handliche Packung jekauf. Et

Elli maat sich zwor Jedanke, ov der Döres, als Heimwerker wor hä im noch nie su jradios opjefalle, dä Enhalt vun der Packung och zo ner Döör zosammeknuve künnt. Ävver, scheneerlich wie et wor, woll et met singe Zwiefel singe Ihrjeiz nit bremse.

Aan nem verränte Sonndaach fingk dann der Hobby-Heimwerker met singe zwei linke Häng dat Zosammebaue aan. Et woren en Häd Einzeldeil: Leiste, Keilcher, Schruve, Dübbele un en Roll Jitterfolie met dubbelsiggijem Kläävband, alsu vun beidse Sigge zo jebruche. Jet bedröppelt stundt der Döres vör der janze Praach. Met su vill Kleinjedresse hatt hä nit jerechent, ävver wat uns nit ömhäut, määt uns stark... hä jov sich aan et Knuve. Em Schlofzemmer hatt hä die janze Einzeldeil op de Fluhkess un der Boddem verdeilt un jingk jenau noh beijepacktem Arbeitsplan vör. Et Elli hatt sich mettlerwiel ne Stohl jenomme un soß nevven dem Naakskommödche, för bei Bedarf met singe beidse linke Häng met aanzepacke.

Jetz woodt e bessje jeschruv, de Leiste zosammejedübbelt, dodrus woodt dann et nackelije Jestell vum Döörrahme. Irjendwie hatten op eimol de Schaneere die richtije Plaaz jefunge, de Magnetplättcher för der Rahme zozehalde lohchen parat, un et Elli moot ihrlich sage, mer kunnt dat janze Spill als Döör allt erkenne. Wat schingks nit esu eifach wor, wor dat Aanbränge vun der Jitterfolie ov besser vun däm Jitternetz en dem Döörrahme met dubbelsiggijem Kläävband. Dat Band dät üvverall fasspappe: en de Hoor, aan der Botz, am Hemb, op der Bettdeck, op de Schluffe, aan de Häng, om Teppichboddem, bloß nit em Döörrahme. Noh däm iwije Avtrecke un widder Aanklevve heelt et üvverhaup nit mih, wor voll vun Fussele, hatt sich zo nem brunge Haufe verknöddelt, un der Döres jov em jenerv der Dudsstoß: av en der Müll. Met der Döör woodt wal hück nix mih.

Die janze Akzijun hatt e paar Stunde jedort un langksam kom der Ovend, Möcke-Time! Jrad bei wärmem Rän kummen die jän us de Löcher erus. Dat zofreddene Summe vun dä widderlije Biester hoot sich aan wie dat Leed: An Tagen wie diesen.... Mer kunnt spöre, dat se Loss hatte, die zwei öntlich zo maltreteere. Antibrum, Autan un Köhljeel , av däm Ovend lohch dat all bes en der Hervs, zosamme met diverse Zoote vun Flejeklätsche em Wonnzemmer parat.

Üvvrijens, och der Ress vun der Heimwerkerakzijun litt jetz en der Tonn, ävver för nöhks Johr hann se bei nem Schringer allt en Flejejitter-döör en Opdraach jejovve, en Döör, die janz jenau aanjepass weed, wo keine Ritz mih frei bliev. Un dann singen die zwei am Ovend, wann sich de Möcke en der Döör de Köpp enschlage: An Tagen wie diesen...

Mer hann en eije Huus

Zick üvver dressich Johr wonne mer en enem Reihehuus. Mer hann uns doför nit esu schlemm krommläje müsse, ävver ohne Enschränkunge un Verzich jingk et och nit, un dröm hange mer aan uns Hött.

Unse Jung ess he jebore, un hä hät dat Ness, wo hä opjewaahßen ess, ärch en si Hätz jeschlosse. Kütt ens einer vun uns met däm Jedanke, woanders neu zo baue, ess hä tireck derjäje: „Ich mööch he nit fott, et ess et schönste Huus op der Welt!"

Mer freuen uns, dat hä sich esu derheim föhlt, ävver för mich als Huusfrau wör e Huus met winnijer Trappe nit schlääch, mer weed jo nit jünger. Schleeßlich muss ich met jeder Wäschmang vum Keller bes op de Läuv, dat sin drei lang Trappe, die ich met lahm Ärme un möd Bein eropkäche muss.

Wann ich dann och noch der halve Krom verjesse, weed us däm Trappeklemme ne Marathon. Us luuter Wot wälze ich dann widder der Immobilijedeil en der Daachszeidung un en de Kiesblättcher vum Ömkreis un söke unger der Üvverschreff „Verkauf – Hüüser" jet, wat pass.

Jitt et nit... zo klein, zo jroß, zo wick fott, zo alt, zo neu un vör allem: zo dör. Alsu schnappen ich mer widder mi huhbelade Körvje, wat mer bes aan et Kenn reck, un taaste mich, bal ohne jet zo sinn, erop bes unger et Daach.

En de letzte Woche hann ich mer en neu Aat un Wies aanjewennt. Zoehsch ens all dat, wat erop mööt, op de Trapp em Paterr avstelle un dann wade, ov ußer mir noch e ander Famillijemetjlidd jet met noh bovve nimmp. Ming Jedold weed op en had Prob jestallt.

Minge Jung schaff et met Aki durch Höppe un Springe, selvs wann drei ov veer Trappelinge volljepack sin met Krom, dat Hindernis zo nemme. Et määt im Freud, Aanlauf zo nemme un die veer Stofe wie beim Huhspringe kunsvoll met nem Schasewitt zo üvverfleje. Ich ben dobei am ziddere un hoffe bloß noch, dat hä sich nit Ärm un Bein brich. Op der Enfall, winnichstens ens e Bohch odder singe Molkaste, dä allt zick e paar Dach op der Trapp steit, met noh bovve zo nemme, kütt hä ehsch dann, wann hä jewahr weed, dat ming Stemm jet jereiz klingk. Dann fällt im metens en, dat hä jrad si Deutschheff – su öm de dressich Jramm – huhjestemmp hät un all dat op eimol no och nit jeit.

Alsu maachen ich mich widder met Wot em Balch op ming Klemmtuur un kumme mer wie ne Packesel vör.

Om Röckwäch well ich mer e Püüsje un ne Schluck Sprudel jünne, muss ävver zo minger janz besondere Freud fassstelle, dat en der einzije Sprudelfläsch, die em Köhlschrank steit, jrad noch der Boddem feuch ess. Die Avsproch, dat, wä die Fläsch leddich määt, och en neu holle muss, flupp nit esu jot.

Och et letzte Blatt Klosettpapeer ess immer för mich parat. Die Roll ens ei Blatt zo fröh uszowäßele, wör jo Arbeit. Met Trone vör Wot en de Auge un de Bein zosammejepaasch muss ich dann, wann och de Ersatzroll allt fott ess, bes en der Keller laufe. Doot dat ens met aanjewinkelte Kneen un jeböck, wie wa'mer ne Puckel hätt!

Un do säht doch verhaftich minge Dockter immer widder för mich, ich mööt jet mih Sport drieve... eine Daach bei mer derheim dät ich im ens jünne...

Die ahl Äujelskess bruch Hölp

För ming Äujelskess bruchen ich jet Neus aan Technik, jenauer jesaat, bruchen ich ne DVBT 2 Receiver. Wat ich su jehoot hann, soll dat kein jroße Saach sin. Av Määz weed jet ömjestallt, un zwor esu, dat et Bild, wie sagen de Faachlück, „eine höhere Bildauflösung" kritt. Un DVBT-Nötzer bruchen doför evvens ne neue Receiver.

Bevör ich mich nohm Elektro-Faachjeschäff op de Söck maache, maachen ich mich em Internet ens jet schlau, för nit wie en technische Trööt tireck opzofalle. Dat wor jenau richtich, denn he steit en eifache Wööt, wie för mich un minge zweite Bildungswäch jemaat, dat mer för en ahl Äujelskess (ich weiß, dat nix esu flöck alt un üvverhollt ess, wie su e Dinge) e Zosatzjeröt, ne Receiver, bruch, dä ävver nit mih wie 50 ov 60 Euro koste sollt. Dat Aanbränge wör kinderleich, ratzfatz, ohne vill Jedöns, mer bröht doför kei Techniksstudijum.

Wat janz wichtich als Tipp dobei stundt ess, dat mer die ahl Zemmerantenn, die mer hät, wigger jebruche kann. Mer sollt nit mih Jeld usjevve wie nüdich, och wann su ne schlaue Verkäufer einem en neue aandrihe well. Et jitt och den Jrund för dä Rot: Su e neu modän Jeröt, su ne Mercedes unger de Receiver, wör schlääch för en ahl Antenn, weil dä vill mih kann, wie dat ahle Äujelskess-Hüngkche verdräht. Wat die Dinger ävver op jede Fall sin mööte, wör „freenet-fähig", för die Privatsender wie RTL ov SAT och entschlössele zo künne.

Dat hann ich all verstande un su jot jeröss maachen ich mich op der Wäch. Der Parkplatz vun däm Elektro-Jroßmaat ess hück, am Mondaachmorje, bal janz frei. E paar jroße Werbe-Plagge, nit zo üvversinn, flaastere em Wind, un ich kann die Opschreff jot lese: „Unser freundliches Fachpersonal freut sich darauf, Sie zu beraten!" Dat jefällt mer. Jetz weiß ich, dat ich he jenau richtich ben. Loss ess he ihrlich nix, un dat fründlije „Fachpersonal" steit en Jrüppcher zesamme, schwaadt de Schnüss un flüch, wie se mich aankumme sin, em Stänekarjär en alle Reechtunge fott. Ävver einer vun däm Schmölzje wor nit flöck jenohch un dä jehööt

jetz mir. „Ich hädden jän ne DVBT 2 Receiver." – „Ehr stoht allt richtich!" –
„Un wie ess dat met däm Pries?" – „Steit drop." – „Sin die Jeröte och
freenet-fähich?" – „Wann et dodrop steit." – Mer kann nit jrad sage, dat
dä junge Kääl vill Wööt määt. Dä deit esu, wie wann ich em e unsittlich
Aanjebott maache wöödt.

Jetz ben ich mer secher, dat ess hück nit minge Daach. Op dä Ver-
packunge sinn ich, dat die „Freenettauglichkeit" winnijer als wies flejen-
dressjroß dodrop vermerk ess. Selvs för jot Auge kaum zo lese. Der
Verkäufer „freundliches Fachpersonal" hält sich, wie ich jet klorer wäde,
wat ich bruche, jar nit ehsch aan dä Jeröte för 50/60 Euro op, nä hä mar-
scheet em Jardeschrett tireck op die Jeröte av 180 Euro zo. Ming Frohch:
„Wat ess jetz der jenaue Ungerscheid zwesche dä döre Receiver zo dä
bellije, ußer däm Pries natörlich?" entlock im e leich Stöhne, verdrihte
Auge un e bessje aanjeäkelt kütt die Antwoot: „Die teuren Geräte haben
wesentlich wertvollere Bauteile." Ich bruche kein neue Wätaanlaach un
jonn zielsecher zo dä 50-Euro-Jeröte zoröck. „Dat Dinge rick meer!"

Aanjewiddert vertrick hä si Jeseech un dann säht hä, minge zoständije
Faachmann: „Jetzt brauchen Sie aber dringend noch eine neue Antenne."
Hann ich et doch jewoss, dat ich mich jetz „auten" sollt. Alsu verklöre
ich däm Här vun de Receiver, fründlich, wie ich et vun der Mamm em
Ömjang met Minsche jelihrt hann, dat ich mich em Internet schlau je-
maat hann, un die Experte do vun ner neu Antenn avrode, vun wäje dat
wör nit nüdich, dat wör unnötz, die ahle deit et noch. Bei dä Wööt „In-
ternet, schlau jemaat, unnötz, deit et noch" wääßelt minge Receiver-
Man de Jeseechsfärv vun Blass op Jrön, un ich hann Angs, hä wöödt dut
ömkippe un ich mööt ming ahl „Erste Hilfe-Kenntnisse" usjrave.

Hä üvverläv un röhrt: „Ho, ho, ho", wie der Weihnachtsmann vun Coca
Cola, „da will ich mal für Sie ganz, ganz stark hoffen, dass Ihre alte An-
tenne ausreichend Power hat und Sie morgen nicht wieder hier stehen."
Ich sagen im, dat ich mer do janz secher ben, well met mingem Receiver
aan de Kass jonn, do höllt hä zom finale Rundömschlaach us. Met blet-
zende Auge kütt: „Aber Scartkabel benötigen Sie, die sind nämlich im
Lieferumfang nicht enthalten", un wadt met jebleckte Zäng op ming

dankbare Antwoot, un die kütt: „Bruchen ich nit, dovun hann ich derheim e janz Schoss voll." En der Nut darf mer leje un bruch dat noch nit ens zo bichte.

Dat verbaserte Jeseech dät ich mer et leevs enfriere un et ess et mer op jede Fall wät, am nöhkste Daach doför extra noch ens en e ander Elektrojeschäff zo fahre. Dat hann ich dann och jedonn un ovends, wie beschrevve, ratzfatz dat Dinge enjebaut. Ens lore, villeich schecken ich mingem „Fachmann" als Erennerung aan e wunderbar Verkaufsjespräch e Selfie vun mir un der ahl Antenn.

Enerjie spare – der jode Welle wor do –

Der Manes un et Leni, e jestande ahl Ihepaar, hatt jolde Huchzick un woll der Famillich us de Föß jonn. Dat se die fuffzich Johr jepack hatte, wor schleeßlich om eije Mess jewaahße, un ne schöne Orlaub, fän vun däm janze Famillijejedöns, hatten se sich verdeent.

Op der Insel Madeira hatten se e doll Veer-Stäne-Hotel jefunge, jebuch un jetz woren se do. Et wor all vum Feinste: et Zemmer, et Wedder, et Esse, de Nator, et Meer. Nohm Aanmelde maaten se allt et ehschte Jängelche aan der Strand. Der Daach verjingk em Rüppche, der Ovend met Life-Musick braht se aan et Danze un dann jingk et op et Zemmer. Am nöhkste Morje wor der besondere Daach.

Jetz muss mer wesse, dat der Manes naaks e Atemjeröt för jenohch Luff för der Daach ze sammele bruch, un doför Strom hann muss, dä em Zemmer noch nit ze finge wor. Zoehsch hann sich die zwei en der Jästeinformazijun, die om Zemmer lohch, jet schlau jemaat. Drei Sigge jov et allein üvver Enerjiespare un Möll zorteere. Eijentlich en jode Saach, sollt mer metmaache.

Nohm Wiggerlese woss mer allt e bessje mih, wie mer aan Strom köm. Flöck de Äujelskess aanjemaat, Leech un Klimaaanlaach aanjestallt. Dat all woodt üvver die Scheckkaat, die mer beim Erenjonn en et Zemmer durch ne Retz trecke moot, irjendwie aktiveet.

Ävver wo wor die Steckdos för dat Atemjeröt? Immer för Nutfäll usstaffeet, hatt der Manes sich e Verlängerungskabel en der Koffer jelaat. Wä weiß, woför mer dat ens bruche künnt. Villeich jlich allt? Alles parat, nor kein Steckdos. Selvs hingerm Naakskommödche lohchen de Leitunge unger Putz.

Do, die Stehlamp, die wor en ner Steckdos. Stehlamp, bruche mer nit, alsu dat Kabel erus, dat Kabel vum Atemjeröt eren, ävver hallo.... prima, et leef.

Flöck en de Fluhkess, dä, et Jeröt us. Die schlau Architekte hatten för Enerjie ze spare, nen Zeitdimmer enjebaut. Wigger söke. Mer hät jo Enfäll: em Bad de Raseersteckdos!! Jrandios! Jeröt leef! Leider bloß koot, schingks dat der Üvverspannungsregler keine Verdraach met däm Atemjeröt hatt. De Spannung wor wal jet ärch vill.

Mettlerwiel woren zwei Stündcher verjange. Hurra, et Leni hatt en neu Quell för Dauerstrom jefunge: der Köhlschrank. Dä usjestallt, et Atemjeröt enjesteck, aanjestallt. Perfek, leef wie e Döppche. Jetz nor noch dat janze Leech em Zemmer us un dann en Mötz Schlof nemme. Leech us, Jeröt us. Langksam kom der Manes en Nut. Ohne Jeröt schlofe jingk eifach nit. Sing Jesundheit hing dovun av. Ne neue Versök met nem Transponder – nem besondere Enstelljeröt för elektronische Jeröte un Lampe – för domet villeich nor Strom op die ein Lampesteckdos ömzestivvele, jingk en de Botz.

Et wor eifach alles durjenein: Entweder et Leech jingk em Bad aan odder et jingk dat Lämpche am Bett aan, endweder de Klimaaanlaach donnerte durch et Zemmer odder de Zemmerbeleuchtung maat all dat dachshell. Noh jedem Erustrecke vun der Zemmerscheckkaat moot alles widder neu projrammeet wäde.

För die Naach hatten se kein ander Wahl: bei voller Beleuchtung, ner Klimaaanlaach, die op Huhtuure leef, nem Köhlschrank, dä beim Aanspringe rappele dät, wie en ahl Autodöör, leef dann endlich dat Atemjeröt en der Stehlampesteckdos, wann? Öm veer Uhr naaks...

Av un aan mooten se de Balkondöör opmaache, för nit bei der janze Leuch-Enerjie, die dat Zemmer zo nem Brutkaste maat un de Klimaaanlaach aan ehr Jrenz braht, nit zo verstecke.

Am nöhkste Morje hät der Manes dann der Secherungskaste jefunge, un, handwerklich op Zack, hät hä dä su enstelle künne, dat se för die veezehn Dach Orlaub Dauerstrom op der Köhlschranksteckdos hatte. Jov et evvens ovends kei köhl Kölsch. De Welt wor widder en Odenung, un der Huzicksdaach kunnt kumme. Vill Enerjie hann se en dä veezehn Dach nit jespart, ävver bei der Mölltrennung hann se sich nit lumpe loße.

Erennerunge künne och ens verkeht sin

Wat soll ich sage, ehr kennt dat jo all. Mer sin en nem Alder, wo uns Käls en Rente sin un mer sich derheim av un aan öntlich en de Föß steit. Met der Zick jewennt mer sich dodraan, ävver mer ess fruh, wann jeder noch e klei eije Levve hät, e Hobby, alsu en Beschäfftijung, die dä andere nit metmäät.

Beim Isolde un beim Rolf, uns Nohbersch-Lück, ess dat och esu. It jeit jän bummele un spazeere, och allein, hä ess ne „Schrauber", dat säht mer zo Käls, die jän aan de Autos eröm bastele, knuve un schruve.

Sing Karaasch ess en klein Werkstatt met allem Dröm un Draan un he litt hä e paar Mol en der Woch unger singem Auto. Dat muss nit kapott sin, ävver mer kann jo ens lore.

Mettlerwiel hät sich dat em Fründeskreis un en der Nohberschaff erömjesproche, un de Fründe kumme off, öm sich helfe ze loße odder sing Werkstatt zo nötze.

Verjangene Woch wor et widder ens su wick, et Isolde un der Rolf hatten sich för ne Fuz jezängk un mooten sich jet us de Föß jonn.

Flöck der Mantel aanjetrocke, de Täsch un de Nüssele jeraaf un fott wor et Isolde. Bummele wor aanjesaat. Et hat Jlöck, et Wedder wor jot un mer kunnt sich allt drusse en de Cafes setze un jet äujele. Noh e paar Stündcher wor der Ärjer verfloge un et jingk op heim aan. Secherlich hatt sich der Rolf och widder enkräje un dät op et waade.

Koot vörm Ovendesse stundt et en der Döör, sohch, dat die Karaasche-pooz op wor, un woll der Rolf bejröße un jet op schön Wedder maache.

Wie allt e paar Mol en der Woch, lohch dä widder ens ungerm Auto un wor am schruve. Weil su schön Wedder wor, hatt hä sich de Sportbotz aanjetrocke, wo jo nix jäjen ze sage wor. Wat ävver nit esu schön wor, bei däm janze Drihe un Wenge ungerm Auto hatten sich de Botzebein, wat hä wal nit bemerk hatt, jet noh bovven jetrocke un sing janze Männlichkeit, si Jemäch, kom aan der Botz erus, lohch do parat wie zor Besichtijung freijejovve.

Su jenau un noh hatt et Isolde dat Spill lang nit mih jesinn. Natörlich woll et singe Mann nit esu lijje loße, trook aan beidse Botzbein un dät alles widder aan de richtije Plaaze zorteere un avdecke. Dat all passeeten ohne ei jesproche Woot. Ov hä dat all verhaftich nit jemerk hatt?

Noch jet en Jedanke jingk et Isolde en et Huus un en et Wonnzemmer. Un do soß singe Mann, der Rolf, jenöhchlich vör der Äujelkess. It dät bal der Schlaach treffe. Noh der janzen Opräjung kom dann erus, dat der Rolf singem Fründ die Karaasch för der Nommedaach för ze werkele üvverloße hatt.

Un däm Fründ jingk et jar nit jot, dä hatt sich esu verschreck, dat hä unger singem Auto mem Kopp jäjen de Karosserie jeknall wor, en decke Platzwund aan der Steen hatt un der Nutarz helfe moot.

Scheneerlich wie et wor, hatt et Isolde sich bei där Akzijun nit blecke loße.

För hück hatt et Männlichkeit jenohch. Wat et ävver jet nohdenklich maat wor, dat et nit jemerk hatt, dat dat jar nit singe Mann wor. Schingks, do hatt im sing Erennerung ne Strech durch de Rechnung jemaat; un öm die jet opzefresche, mööt et mem Rolf av hück ens jet mih dodraan arbeide, evvens e neu ahl Hobby widder zom Levve erwecke. Probeere jeit üvver studeere. Un Zick hann se jo jenohch.

Och dat noch –
En der Chressdaachszick

Och Schotzengele maachen ens e Püüsje

Ich ben ungerwächs noh Müllem en de Stadthall. Wie en jedem Johr maachen he Lück, die noch aan ander Minsche denke, ne kölsche Advents- nommedaach för älder Minsche, un die Hall soll met sechshundert Jäss rappelvoll sin.

Mich hann se dis Johr jefrohch för em Projramm metzemaache. Jo un no söken ich, nohdäm ich mich, weil de Frankfurter Stroß jesperrt ess, mer die noch nit ens üvverquere darf, un mettlerwiel de Zick jet dräng, he irjendwo nen Parkplatz, wobei ich mich allt dreimol verfahre hann. Ich künnt drenschlage, weil ich kein Ahnung hann, wo ich üvverhaup noch eine finge, un ich mer dann allt bes op de Bühn e Wölfje laufe muss.

Nohm sechste Mol rund öm et Karee pack mich der Mot vun der Ver- zweiflung, un ich fahre eifach ens op dä volljeparkte Parkplatz vör der Stadthall. Un, minge Schutzengel hät mich hück jän. Janz am Engk ver- stoche, wo keiner mih met nem Platz rechent, ess verhaftich noch eine frei; un dä ess jetz mir! Jlöcklich steije ich us, raafe ming Optrettsbase- lümcher un ming Böhcher zesamme un stonn noh fünf Minutte stolz, noch ziggich jenohch, em Forjee.

Alles läuf singe bekannte Jangk. Ich krijje minge Sitzplatz jezeich, et Projramm, weiß wann ich draan ben – ich ben de drette Nummer – un kann noch en Rauh e Jlas Sprudel jeneeße un mer mi Ömfeld ens aan- lore. Et hät widder ens jeflupp. Jenöhchlich läje ich mich en mingem Stohl zoröck un et Projramm fängk aan.

Bejrößung, Jesang un dann kütt e klassisch Duo, ein Madamm, die Jeige spillt, un ein, die am Klaveer et Tempo aanjitt. Ich jläuve, et sin Opern- melodien. Su richtich erkenne dunn ich die nit. Koot vörm letzte Leed kütt der Schäf em Ring, ich denke, dat ess der Halleinspektöres, janz op- jeräch met nem Zeddel en der Hand aan der Bühnerand un hält dä der Künslerin unger de Nas, die durch et Projramm föhrt. Janz klor, jetz kütt widder dat Spill met däm verkeht jeparkte Auto.

124

Minge Hals weed immer decker. Do fahren ich mich zom Schänzje durch janz Müllem un öm et Karee, un ne andere, su nen Aasch, dä met Söke nix am Hoot hät, park si Auto jenau vörm Enjangk, wo jesperrt ess för de Feuerwehr un der Nutarz.

Su jet passseet vill ze off op schön Veranstaltunge, dat et Projramm durch su en blöde Info jestört weed. Sollen se dä Falschparker doch tireck avschleppe. Dat koss en öntlije Stang Nüsele. Villeich lihrt die schääl Print dann doch noch jet för et Levve, winnichstens ens eimol jet mih opzepasse wo se dat Föppföppche avstellt.

Un do hööt mer och allt dat Autokennzeiche durch et Mikrofon: BM-TT....

Mer weed et jet plümerant öm et Hätz. Ich hann doch en BM-Nummer, ävver ich ben mer secher, dat ich nit falsch jepark hann. Wigger! BM-TT 481. Mich triff ne Peffermünzschlaach. Dat ben ich! Ben ich wirklich dä Aasch, dä..... Nä, denn jrad kütt et durch et Mikro: „Der Fahrer mit dem Kennzeichen BM-TT 481 hat seine Beifahrertür sperrangelweit offen stehen. Bitte zum Parkplatz kommen."

Met huhrudem Kopp, ich setzte och noch en der ehschte Reih, stonn ich op un maache mich durch de Kood noch drusse. Ming Jroßkotzichkeit fällt en sich zesamme. Wie kann mer dat nor passeere? Wo hann ich dann hück mi Jeheens jeloße?

Un allt widder hät minge Schutzengel e Hätz för mich. Alles ess noch em Auto. Mi Händi, mi Navi, ming janze Chressdaachsenkäuf, ming Schlössele un wat söns noch om Beifahrersitz un em Kofferraum erömlitt.

Ävver eijentlich, also eijentlich kann ich nicht verstonn, wie dat passeere kunnt. Mih Hightech-Auto deit bei der kleinste Kleinichkeit Alarm jevve un hup wie ne Bekloppte, wann minge Wasserkaste om Beifahrersetz nit aanjeschnallt ess, e Fisselche vun mingem Mantel en der Döör klemp, et Leech aan ov us ess, je nohdäm, wie et Wedder ess. Blos wann de Döör sperrangelwick opsteit, jitt die Dresskess kei Tönche vun sich.

Doch do pass et widder, dat Kölsche Jrundjesetz: Et hät noch immer jot jejange! Ävver noch ens kann ich hück minge Engel nit en Aanspruch nemme. Dä hät sich jetz ehsch ens e Püüsje verdeent. Dis Dach stellen ich en Kääz op för der Hellije Schlunze Tünn (Antonius von Padua). Villeich fingk dä dann mih verlore Jeheens widder, wick kann et nit jekumme sin!

Hück kütt der Zinter Klös

Hück Ovend kütt der Hellije Mann.
Mer wade.
Mer sin opjerääch un hann öntlich Kadangks.
Wat weed hä all wesse?
Secherlich hät einer vun der puckelije
Verwandschaff widder ens de Schnüss jeschwadt.
Dat wöödt mich jet scheneerlich maache.
Dä, et klingelt aan der Döör.
Jetz si'mer – ming Jeschwister un ich – aan der Reih.
Et bess denke mer wie Joldschmitzjung.

Och, esu süht dä us?
Jot, e paar Jöhrcher hät hä och allt om Puckel.
Mer wesse doch all us der Schull,
Dat dat jetz nit der „Nikolaus von Myra" ess,
Dä vör e paar hundert Johr jelääv hät.
Fröher sohchen de Minsche jung allt alt us,
Un die Käls sohchen bal all esu us,
Wie Hellije, met Baat, met jriese Hoor,
Jeder vun denne wör als Petrus,
Paulus ov als Zinter Klös durchjejange.

Dä, dä hück he ess, dä dräht nit ens ne Hellijesching,
Dä hät noch nit ens e paar Drockstelle dovun em Hoor,
Dä he, dä hät ne jot poleete Plaatekopp unger singer Mitra,
Hä hält ne Bischoffsstav un e deck rut Bohch en de Häng.

Stonn ich en däm decke Dinge?
Wann ich mer dä Hellije Mann esu aanlore...
Dä dräht nen Brell –,
Dä wor doch noch jar nit erfunge, odder?
Un die Schohn – die widderlije, dreckelije Knobelbecher,
Leev Herrjöttche vun Biberach, die sin doch vum Jroßvatter.
Do fällt mer op: Wo ess dä üvverhaup?
Söns steit dä doch immer jedem en de Föß eröm.
De Jroß säht, hä ess om Klosett.
Jrad jetz??? Komisch!!
Ov hä jar nit om Klosett ess?
Minge Jroßvatter kennt all ming klein Jeheimnisse
Un ming Usrötscher.
Eijentlich, eijentlich hädden ich jenohch Entscholdijunge parat,
Wann der Hellije Mann mich froge wöödt.

Söns hält der Jroßvatter doch immer zo mer...
Un jetz ess hä usjerechent nit do.
Et wör e doll Jespann – der Jroßvatter-Klös!!
Wöödt passe.
Vun wäm hann ich dann der janze Undauch jeerv?
Ess aanjebore, dat sin de Jene, e bessje och vum Jroßvatter.
Dat drollije Stöckche, die Rute för Ärme, künnt ich em jo kläue.
Dress, jeit nit,
Dä kann verhaftich ming Jedanke lese un lort mich aan.
Hä hät mich em Bleck.
Eye, jetz loss jonn, do Zinter Klös us Myra bei Kölle.
Ich hann hück noch jet anderes vör,
Un domet do et tireck weiß,
Maach der kein Hoffnung:
Jot singe kann ich och nit!

Wat mer bei de Chressbäum wesse mööt

Ich weiß jo nit, ov ehr üch jot mem deutsche Stürrääch uskennt. Öm irjendwo jet dropzoschlage, kennen ich nor 7 ov 19 % Mehrwertstür. Vun Lück, die jet dovun verstonn, hann ich jehoot, dat dat he bei uns met der Stür eifach ess.

Nemme mer för e Beispill ens de Mehrwertstür op Chressbäum. Wa'mer singe Chressbaum bei nem janz normale Händler, alsu beim Chressbaum-Jüppche em Veedel käuf, dann wöödt die Stür bei su nem Baum 7 % usmaache, koot un jot. Dä jängije Stürsatz vun 19 % weed ävver fällich, wa'mer dä Chressbaum nit su stonn liht, wie hä en der Nator jewaahße ess, nä, wann dä vun däm Verkäufer (dat künnt och et Chressbaum-Jüppche sin) allt jet jeschmöck ess, un sin dat och bloß e paar Kugele. Jot! Ka'mer met ömjonn, dat ess jo allt en klein Deensleistung.

Su wick versteit mer dat, ävver et jitt noch en klein Usnahm. För ne Chressbaum tireck us dem Bösch weed nor ne Stürsatz vun 5,5 % fällich. Dat steit och janz klor em § 24, Abs. 1, Satz 1, em Ömsatzstürjesetz. Nor, et jitt do noch en klitzeklein, ihrlich, nor en janz janz klitzeklein Usnahm, weil... wann dä Bäum nit zofällich em Bösch jewaahße ess, doför en ner Dannebaumplantaasch, die extra aanjelaat woodt, wat em „zofällije Bösch" nit der Fall ess, dann wäden die Bäum met 10,7 % Stür berechent. Och dat ess janz klor em § 24, Abs.1, Satz 1, Nummer 3, em Ömsatzstürjesetz fassjelaat. Mer mööt ävver oppasse, wat donoh met däm 10,7 %-ije Baum passeet. Wa'mer dä för Zohuus behält, alles palletti, wa'mer dä ävver en der öffentliche Verkauf jitt, alsu beim Chressbaum-Jüppche, wöödt dä met 7 % Stür jehandelt. Domet künnt mer nix verdeene.

Halde mer jetz ens fass: 19 % Stür för jeschmöckte Bäum, 7 % för Chressbäum, die beim Jüppche erömstonn, 10,7 % för Dannebäum, die us ner Plantaasch kumme, un 5,5 % för die, die tireck us dem Bösch kumme. Su, jetz jitt et noch ein klein Usnahm, denn wa'mer der Baum privat käuf, sich schenke liet odder eine em Bösch fingk, dä janz allein do erömlitt, dann sin et Null % Stür. Un jetz: „Oh du fröhliche..."

Su e Kreppche öm et Kreppche

Aan Chressdaach steit se ungerm Baum
Die Krepp met de Fijore.
Mehschtens jeerv allt vun der Jroß,
Mer süht et aan de Spore.

Jefrößelt woodt dat all us Jipps,
Donoh vun Hand bemolt,
Der Jipps ess allt jet bröckelich,
De Färv nit mih su strohlt.

Wat fröher en Jewende wor,
Ess jetz allt Nostaljie.
Hück jitt et Materijal on Mass
För't Jüppche un't Marie.

Us Holz, us Woll, us Stohl un Jlas
Su stonn se jetz parat,
Us Pappmaschee, Strüh, Posteling,
Jeknuv janz akkerat.

Der Schorsch, dä hät sich ein jekauf,
Do kütt mer aan et Lore:
Et ess en Jummikunsstoff-Krepp,
Dodrus och de Fijore.

Un jedes Pöppche un de Krepp,
Su muss mer dat verstonn,
Hann e Ventill aan einer Sick
För Luff, domet se stonn.

Jetz blös der Schorsch sich jedes Johr
Bal us dem Liev de Lung,
Domet am Hell'je Ovend dann
De Krepp steit em Fazung.

Doch letz Johr ess dann jet passeet,
Wat keiner hatt jedaach,
E paar Fijore, jet porös,
Hatten en koote Naach.

Et Jesuskind, platt wie e Brett,
Der Ohs hing üvver'm Kreppche,
Un et Marie, mem Kopp o'm Knee
Hatt nix mih op de Rebbcher.

Wie ne Schluck Wasser lohch der Jupp
Dem Maria em Nacke -,
Der Engel - ffffff - ne Luffzoch noch,
Dann kunnt mer'n nit mih packe.

Schöfjer un Heete fingen aan
Der Löffel avzejevve.
Die opjeblose Kunsstoffkrepp
Hatt usjehauch ehr Levve.

All die Ventillcher woren platt,
Nit ein Fijor blevv stonn,
Dröm kom dat janze Kreppespill
Rack en die jääle Tonn.

Vörsichtich hollten dann der Schorsch
Vun der Läuv erunder
Die ahl Fijore, die us Jipps,
Et wor bal wie e Wunder.

Nix wor kapott, alles aläät,
Dat Kreppeschmölzje stolz
Stundt endlich widder ungerm Baum
Zweschen Strüh un Holz.

Un die Moral zom jode Schluss:
Us dä Fijore, die he stonn,
Do jeit kein Luff erus!

„Es werde Licht!" – nit bei uns...

Wie jedes Johr ess dat Opstelle vum Chressbaum ne adije Zorteer, un mehschtens jitt et allt en de ehschte paar Minutte fiesen Ärjer mem Hätzblättche.

Un domet et dis Johr nit widder jet för ze strigge jöv, hatt der Leo op sing Frau Jattin jehoot un versohk, em Vörfeld allt e paar Saache zo rejele.

För der Baum aan die Plaaz ze stelle, die et Luise em vörjejovven hatt, evvens nit tireck vör der Heizung, moot der Leo der Aanschluss för der Strom vun einer Sick op die andere läje. Schleeßlich hatten se sich em letzte Johr en janz doll Leechterkett jejünnt, un die sollt widder strohle.

Der Baum hatt der Leo en kooter Zick kääzejrad em Ständer am jewünschte Plääzje allt parat stonn.

Jetz flöck et Verlängerungskabel us dem Keller jehollt, de Standleider opjestallt un dat Kabel, natörlich ungen op der Äd vörherr enjestöpselt, op et Schaaf zorteet, su, dat mer et nit sinn kunnt. Jeschaff! Nä, doch nit, noch lohch dat Dinge nit richtich, do moot der Leo noch ens draan. Un dat hädden hä besser e bessje höösch jemaat.

Su trook hä met Schmackes dat Kabel noch jet mih durch, noh hinger fott un dobei jingk et Jeschepper loss.

Hatt ich eijentlich jesaat, dat dat janze Schaaf bovven aan der Kant met Autos us Posteling dekoreet wor?

Zoehsch moot ne ahle Trabbi draan jläuve, flohch vum Schaaf wie e Jeschoss durch et Zemmer un de Schirve däten sich om jode Perser, nem Ervstöck vun der Jroß, verdeile. Donoh kome zwei Wonnmobilminijature, dör Unikate, de Augestäne vum Leo, janz fing us zaat bemoltem Biskuitposteling, em Jleitflohch janz deech lans dem Luise, en ner Brochlandung op der Äd aan. Och e klei Blomeväsje, Rosenthal, met deckem

Joldrand, nit janz billich, hatt et sich nit nemme loße, der Sprung en et Unjewesse zo maache. Kapott!

Ävver dat Kabel lohch jetz akkerat richtich.

Der Famillije-Explezeer wor jroß, laut un wödich. Ehsch ens et Trümmerfeld oprüme un der Perser avsauge.

Jot, dat der Baum allt stundt. De Kugele un dat ander Jletzerzüch us dem Keller jehollt. Et Luise wor en singem Element un noh ner Stund wor der Chressbaum staats un dat Malöör verjesse. Jetz noch de elektrische Kääze verdeile, doför hatten se jo dat Kabel verlaat. Fädich. Aanmaache! Nix! Nit ein Kääz dät et. Jeder us der Famillich dät ens probeere, ävver et kom kein Erleuchtung.

För et koot ze maache, dat met vill Möh jetrocke Verlängerungskabel kunnten se jar nit bruche, wor üvverhaup nit nüdich. Se hatten eifach verjesse, dat se sich letz Johr fänjesteuerte LED-Kääze jekauf hatte.

Noh e paar Handjreff, die der Leo us de Lamäng maat, schleeßlich ess hä jo vun Jebort aan ne bejnadete Heimwerker, strohlten der Baum. Chressdaach kunnt kumme.

Un et Resümee för et nöhkste Chressfess: Nit bloß em Vörfeld de „Voraussetzunge" för e jenöhchlich Fess schaffe, op jede Fall och de Kääze ens koot usprobeere.

Un uns Jroß, die sitz allt meddendren

Der Desch ess jedeck,
De Kääze sin aan,
Jlich si'mer met „Oh Du fröhliche" draan.
Un uns Jroß, die sitz allt meddendren.

Der Chressbaum jet scheif,
Ärch schwach op der Bruss.
Der Papp käuf uns Bäumche immer zom Schluss.
Un uns Jroß, die sitz allt meddendren.

Jedes Johr em Summer
Säht de Famillich schlau:
„Aan Chressdaach fahre mer ens fott,
Dann ha'mer endlich ens jet Rauh."

De Spilluhr kapott,
Ess keiner dran Schold.
Der Papp hät zom Bastele hück kein Jedold.
Un uns Jroß, die sitz allt meddendren.

Flöck e Likörche,
Dat brängk uns en Schwung.
Der Ühm jläuv, en Fläsch Schabau hält en jung.
Un uns Jroß, die sitz allt meddendren.

Un wann he en Kölle
De Kälde huh krüff,
Dann freue mer uns op Dannebaum-Döff.
Un uns Jroß, die sitz allt meddendren.

Mer backe, koche, brode.
Et jitt kein Linsezupp.
Mer hoffe, dat, wie jedes Johr,
Et Fessmenü och widder flupp.

Dann setze mer all
Jenöhchlich am Desch,
De Mamm litt, wie immer, kapott en der Köch.
Haupsaach uns Jroß, die sitz meddendren.

Ich ben en ahl Chressbaumkugel

Wa'mer mich fröhch, wie alt ich ben –
Ich zälle nit de Johre,
Doch mer bejröß mich Hellichovend
Immer met nem Klore.
Bal fuffzich Woche ben ich fuul,
Ben, wie mer säht, en Kur.
Lijjen em Pappkartong verpack
Op Siggepapeer pur.
Dann kütt ming große Zick,
Jester su jot wie hück:
Denn hängen ich em Jrön,
Fingen ich dat schön.

Nevve mer em Schohnskartöngche
Lijje ming ahl Verwandte.
Doch su lang ich denke kann,
Kummen neu Trabante.
En Jrön, en Jold, en Rut un Wieß;
Wat spillen die sich op,
Jläuven, weil se jung un bungk
Hätten se mih drop.
Doch dann kütt ming Zick,
Mi Chressbaumkugeljlöck,
Denn hängen ich em Leech
Süht mer mi Jlanzjeseech.

E klei Krüppelche stundt fröher
Stolz em jode Zemmer,
Dekoreert met Engelshoor
Un ehschtem Kääzeschemmer.
Füjjelcher met Selverstätzjer,
Lametta, klein Latäncher,
Wie ich, hatt all dat singe Plaaz
Och us Holz de Stäncher.
Un kütt se dann, ming Zick,
Hann ich se all em Bleck:
De Mamm, de Pänz, der Papp,
Vum Klore allt jet schlapp.

Ich ben en ahl Chressbaumkugel
Eifach, nit jrad schön.
Ming janze Schönheit süht mer ehsch
Em fresche Dannejrön.
Do hängen ich janz stolz
Zweschen Stäncher, die us Holz.
Dann spejelt sich em Kääzesching
En mir et janze Zemmer.
Dat ess mi Chressbaumkugeljlöck,
Su wor un bliev dat immer.

Dat Duell

Wat kütt aan Chressdaach op der Desch?
Die Frohch, die stellt sich jedes Johr.
Un weil dat mehschtens Tradizijun,
Bliev dat Menü wie't immer wor.

Su wor et och beim Züff derheim.
Hellichovend stundten parat
Jestuvte Murre, Brotwoosch, Zaus,
Ädäppel op der Ovvensplaat.

Doch dis Johr hatt et sich jedaach:
Mer hann jet op der huhe Kant.
Ich kaufen ens en Weihnachtsjans,
Die jov et fröher bei der Tant.

Dat weed en Üvverraschung sin
För all ming Pänz un minge Schäng.
Zick Johre hatt ich dat allt vör,
Doch bei de Nüsele wor't jet eng.

Ne Daach vör Hellichovend dann
Hollten et flöck us singem Keller
Dä ahle schwatze Ieserkessel
Un vun der Jroß de Joldrandteller.

Dat jroße Deer woodt usjewäsche,
Om Desch jeölt un jot jewöz,
Dä decke Buch dann met Kuschteie
Usjestopp. Wat för'n Jedöns.

Schleeßlich woll et Züff doch zeije:
Nouvelle Couisine, die kann ich och!
Dem Schäng wor et jet plümerat,
En Brotwoosch wör im doch jenohch.

Flöck kom die Jans dann en et Röhr,
Doch noh ner Zick, jingk et allt los,
Ne Jeroch vun Fett un Brotfleisch,
Jet ranzich, fuul, trook durch et Huus.

De Pänz hann dann dem Züff jesaat,
Sujet wöödten se nit esse.
Dat wör bestemmp en ahle Jans,
Die der Boor allt hatt verjesse.

Der janzen Daach roch et noh Schöpp,
Ävver wie fies der Möff och wor,
Et Züff leet kei Bedenke zo,
Dat wor si Fessmenü dis Johr.

Wä Freud hatt aan däm Dress-Jeroch,
Wor de Nohbersch-Katz, et Mörche.
Die soß stundelang vörm Finster,
Blevv och sitze bei nem Nörche.

Ovends kom dä Pott zom Köhle
Noh drusse, dat wor jo och klohch,
Om Finsterbrett, die Plaaz wor jot,
Der Deckel drop un e deck Dohch.

Morjens dann, am Hellije Ovend,
Troof unverhoots et Züff der Schlaach,
Kein Jans mih en däm Ieserkessel,
Die hatt sich durch de Kood jemaat.

Dat volljefresse Nohbersch-Mörche
Hatt Hellichovend allt dis Naach,
Dät sich der Baat jenöhlich lecke.
För it wöödt dat ne schöne Daach.

Am Ovend jov et dann wie söns
Beim Züff et Tradizijunsmenü,
För Nutfäll hatt, verpack em les,
it Brotwoosch satt, mer weiß jo nie.

Der Schäng, met volle Backe saat:
„Leevje, dat deit herrlich schmecke,
För Brotwoosch met jestuvte Murre
Kanns do mich des naaks noch wecke."

Dröm...
Ahl Tradizijune sin jet wäät,
Veränder nit, dat wat jot läuf,
Ävver wann, dann pass jot op
Dat kein Katz ess op der Sträuf.

Dä jolde Händsche

E paar Dach vör Hellichovend woodt et Köbesje jet iggelich, su vun wäje, hoffentlich hät et Chresskind minge Wunschzeddel üvverhaup lese künne. Dä Klein wor ehsch vör e paar Mond en de Schull jekumme un hatt e paar Wünsch nit richtich jeschrevve, su jot kunnt hä dat noch nit. Dat wöödt im jetz nix mih nötze, jetz heeß et avwade. Met Unjedold jingk die Zick vörbei un dann wor endlich Hellichovend.

Die Schumachers, de Famillich vum Köbesje, wonnten om Ihrefeld en ner klein Paterrwonnung, en die mer vun der Stroß jot erenlore kunnt. Söns dät dat keiner störe, ävver hück, aan Hellichovend, woren de Jadinge zojetrocke un de Döör zom jode Zemmer dorf ußer der Mamm un natörlich dem Chresskind keiner opmaache.

Jän hädden et Köbesje ens jeschnäuv, ävver koot vör der Wonnzemmerdöör dät en dann doch der Mot verloße, bloß dat Raschele un Knestere hinger der Döör wor nit zo üvverhöre. Villeich, villeich jov et en ander Müjjelichkeit, ens jet zo spingkse. Enjemummelt en en decke Winterjack jingk hä noch drusse un satz sich jet op et Jadepötzje. Vun he hatt hä ne jode Bleck op de Wonnzemmerfinstere un, wä weiß, mänchmol verdeit sich och ens et Chresskind un lort durch de Rutte.

Ovschüns et dem Klein jet ärch kalt öm de Fott woodt, hä blevv stief setze, woll nix verpasse. Op eimol kom Levve en die Jading, e janz klei bessje woodt dä schwere Sammetvörhang op Sick jetrocke un dann... un dann sohch et Köbesje ne Ärm met nem jolde Händsche, dä bal bes aan der Elleboge jingk, klein Engelcher un Klöckelcher op de Finsterbank verdeile. Jolde Händsche! Dat kunnt nor et Chresskind sin. Su ne döre Händsche kunnt sich keiner vun de Schumachers leiste.

Et Köbesje blevv met Respeck wigger setze un woodt doför beluhnt. Jetz dät dä jolde Ärm der Vörhang am nöhkste Finster jet lüfte, för do de Kääze un Joldstäncher zo dekoreere. Janz versunke soß dä Klein om Jadepötzje un woodt verschreck, wie en de Mamm för ne Kakau en de

Köch reef. Em Stelle hatt hä jedaach, dat dat do hingerm Finster villeich doch de Mamm sin künnt, ävver nä, die stundt vör im en der Döör un jrad maat dä jolde Ärm de Jading och widder zo. Der Kakau dät schmecke, am Adventskranz hatt de Mamm noch flöck de Kääze aanjemaat, un dä Klein kom en et Simeleere. Alsu...alsu wann dat Chresskind im allt esu noh wör, nor drei Schrett üvverm Flürche, dann künnt hä, wann hä all singe Mot zosammeraafe wöödt, doch ens koot durch et Schlössellohch äujele.

Un dat hätt hä dann och jedonn. Janz höösch, su leich wie e Fedderche, wor hä bes zor Wonnzemmerdöör op Zihespetze jehusch un hatt jrad met jlänzende Auge dat Schlössellohch en't Viseer jenomme, do woodt die Döör jih, wie durch Zauberhäng, ne jroße Spalt opjeresse, dä Ärm met däm jolde Händsche flohch öm et Eck, un et Köbesje kräch räächs un links öntlich e paar öm de Backe! Patsch jingk de Döör widder zo. Jung, wat hatt dat Chresskind Schmackes en de Häng! Vörwetzichkeit weed stantepe bestrof un et Chresskind süht et all. Öntlich jeknick jingk dä Klein zoröck en de Köch. Ov dat Chresskind im jetz kott wör? Jov et jetz för in kei Jeschenk mih?

Wie et hellije Klöckelche klingele dät un de Famillich en et Wonnemmer jingk, dötzten et Köbesje bedröppelt hingerher un leet nen Bröll. Do stundt doch verhaftich singe Draum, e neu Fahrrädche, jenauesu wie hä et sich immer jewünsch hatt, met Rennradlenker, fünf Jäng un och noch en singer Lieblingsfärv, selver. Ävver wat wor do öm de Klingel jefrimmelt? De Jroß kunnt ehr Jriemele nit ungerdröcke. Beim Nöherkumme sohch et Köbesje, wat do wie en klein Mahnung hing: dä jolde Händsche.

Eijentlich bruch mer et jar nit mih zo sage, ehr wesst secher wat kütt. Et Köbesje hät die nöhkste Johre nie mih durch et Schlössellohch jespingks.

Dat ess allt Johrzehnte herr, jetz ess hä selver Jroßvatter un deit singe klein Enkelcher de Adventszick besonders jenöhchlich un jeheimnisvoll maache, un op der Hellije Ovend freut hä sich e Lohch en der Buch. Dann höllt hä us singer Schatzkess dä jolde Händsche erus un spillt för sing klein Enkelcher et Chresskind, jenau wie sing Jroß domols, un dat Strohle en de Kinderauge ess sing schönste Beluhnung.

Wat wor dat för e Fess?

Ne Bleck en de Zokunf...villeich su öm zweidausendveezich:

Ne kleine Poosch soß om Foßboddem en der Köch un wor en nem knü-
selije, verstöbbte Pappmascheekartöngche am krose. En janze Häd ahl
Saache feelen em en de Hängcher: ne kleine Holzdillendopp, e paar Röll-
cher schmuddelich Nihjaan, e verjilb Kaatespill, e Plastikpöppche un ne
zerdröckte Selverstän.

„Mamm, saach ens, wat ess dat?", beim Froge heelt hä dä Stän en de
Hüh. En der Köch wor et bal esu laut wie op der Stroß. All Köchemaschine,
wie der Jeschirrspöler, de Microwell, de Kaffemaschin un der Stöbbsau-
ger leefen op Huhtuure. Us der Äujelskess hoot mer Jeschrei un Schöss
falle, un vörm Finster stundten de Autos em Stau, ohne de Motore av-
zestelle. Dä Klein schingks dat zo üvverhöre un jingk jet nöher unger die
decke Neonlamp, för dä Stän, dä us Selverpapeer un met klein Jletzer-
steincher dekoreet, jetz om Desch lohch, jet mih ze beäujele.

„Saach ens, wat ess dat?" Hä dät sing Mamm noch ens froge. Sing
Mamm wor am telefoneere un saat en et Händi: „Ich rofen dich späder
noch ens aan. Minge Jung nerv mich jrad met singer Frogerei," dröckten
op ne rude Punk un sohch dem Klein en de Auge: „Dat ess ne Stän." „Ne
Stän?", dä Klein wor jet unschlössich, „Stäne sin doch rund!" De Mamm
nohm dä Selverstän en de Hand un saat: „Et ess ne Chressdaachsstän."

„Ne wat?" Dä kleine Poosch maat riesije Auge. En der Äujelskess woren
se sich jrad am kloppe un et woodt immer lauter. De Mamm nohm sich
de Fänbedeenung, dröckten op ne Knopp un et woodt stell. „Kind, dat
ess jet vun fröher", saat die Mamm en die Stelle eren, „der Ress vun nem
janz besondere Fess." „Wat wor dat för e Fess?" Dä Klein woodt neujeerich.
„E langwielich", saat die Mamm flöck. „De janze Famillich kom un stundt
em Wonnzemmer öm ne Baum eröm un dät Leeder singe." „Wiesu ne
Baum?", dä Klein schöddelten mem Kopp, „Bäum waahßen doch nit em
Zemmer!" „Doch", de Mamm jov sich Möh, däm Poosch all dat zo verklöre.

„Eimol em Johr, aan nem janz besondere Daach, stundt fröher ne Dannebaum meddem em Wonnzemmer. Dä wor dann met Kääze, die mer aanmaache kunnt, ov met klein Leechterkette met bungkte Lämpcher dekoreet. Dozo woodten Kugele, Jletzerkette un Lametta, dat woren klein Selverfäddem, em janze Baum aan de Ässjer verdeilt." „Ess dat wohr?", dä Klein wor verbasert. „Jo, un en der Spetz janz bovvenhuh hing ne Stän. Dä sollt aan dä Stän erennere, däm domols die Heete nohjingke för dat Jesuskind en der Krepp ze finge." „Jesuskind, wä ess dat dann?" De Mamm kom jet en Kalamitäte, „dat verzällen ich deer e andermol", su janz jenau kunnt se sich nämlich nit mih op fröher besenne. Ävver dä Klein woll dat met de Heete un der Krepp jar nit wesse, hä dät sich vill mih för dä Baum, de Kääze, de Leechter un de Kugele interesseere. „Wat muss dat för e schön Fess jewäse sin, met all däm Leech!", jet nohdenklich soß hä am Köchedesch. „Langwielich wor et", saat de Mamm jet wödisch, „eijentlich hatten se all kein Loss, de janze Famillich zo treffe, zo bekoche un fründlich ze dunn, un se woren all fruh, wie dat Fess endlich vörbei wor un der Baum, nackelich un drüch vör de Döör jeschmesse woodt." Domet hatt se dat Thema avjearbeit un maat de Äujelskess widder aan. Jetz woodt dä Klein wödisch: „Ich well mer kein Marsmänncher en der Äujelskess aanlore, ich well ne Baum, ich well Leechter un ich well wesse, wat met däm kleine ... wie heeß dä noch ... Jesus passeet ess!"

De Mamm woll jrad wigger dervun verzälle, doch dann woodt se stell. Sollt all dat noch ens vun vörre aanfange, zoehsch Hoffnung, Freud un Leev, un donoh Angs un Kreech? Nä, dat all nit noch ens! Se maat der Deckel vum Müllschlucker op un jov däm Klein dä Stän en de Hand. „No lor doch ens, wie alt dä Stän allt ess un wie hässlich un zerdröck dä ussüht. Do darfs dä fottwirfe un oppasse, wie lang do dä noch sinn kanns."

Dat wor e neu Spill för dä Klein. Fottwirfe un nohlore... Hä worf dä Stän en dat Röhr un dät laache, wie dä sich janz langksam en et Düüstere durch de Kood maat. Wie de Mamm widder en de Köch kom, stundt dä Klein noch immer för däm Müllschlucker. „Ich kann dä Stän immer noch sinn och wann ich de Auge zomaache", dät hä fispele," hä jletzert noch, hä ess immer noch do. Ich well en nit verjesse. Mamm, verzäll mer noch jet vun däm Baum, vun däm Leech un vum Jesuskind, wann et deer widder enfällt. Un donoh bastele ich met deer ne neue Stän un mer dunn esu, wie wann et fröher wör."

Jöv der Herrjott, dat dat nie wohr wöödt ...

(Nach einer Idee von Marie Luise Kaschnitz)

Och dat noch –
Vun allem jet

En rude Pappnas

E Clownjeseech met ruder Pappnas
Zaubert flöck ohne ei Woot
E Laache och op di Jeseech
Un wandert su vun Oot zo Oot.

Mer süht, die rude kölsche Pappnas
Jeit Schrett för Schrett op jroße Reis,
Trick immer wigger ehre Kreis,
Ess niemols laut, se määt dat leis.

Se schaff su vill, die kleine Pappnas.
Määt Minsche jlöcklich, wann och koot.
Se bruch nit vill, mer muss se jän hann.
Ehr hatt bestemmp vun ehr jehoot.

Brängk mänchmol Fründschaff un jet Fridde.
Liet uns de Sorje koot verjesse,
Dat Minsche nix hann för ze esse,
Un doch der Fruhsenn nit verjesse.

Wunder jitt et immer widder,
Off sin se klein, mer merk et kaum.
Dröm wünschen ich üch all en Pappnas,
E Stöckche Jlöck, ne koote Draum.

Museumsbesök

Av un aan bruchen ich
Kultor, die för mich,
Bal wie e Jedeech,
Kritt dann e Jeseech,
Wat alt un vertraut.
Mer selver nor staunt.

Vun Minsche jeschnetz,
Ähnz un verschmitz.
Vun Minsche jemolt.
Su bungk, dat et strohlt.
Vun Minsche jebrannt.
Ahl Muster erkannt.
Vun Minsche jesteck,
Met Nodele deck.
Vun Minsche jejosse,
En Forme verschlosse.
Vun Minsche jeniht,
Öm Stoff et sich driht.
Vun Minsche jeschrevve.
Janz vill ess jeblevve.
Vun Minsche erfunge,
Noch hück draan jebunge.

Dann ...
Vun Minsche zorteet,
Su, wie et hück steit!

Et letzte Jlas

Et letzte Jlas, wie weed dat ussinn,
Wat ich ens drinke koot vörm Engk?
Un wat weed üvverhaup dodren sin?
Litt dat noch en ming eije Häng?

Bestemmp wör et bei mir ne Wing,
Villeich ne rude, drüch un schwer,
Odder besser doch ne wieße,
Dä schmecke wöödt noh Wind un Meer?

Ne Jrauburjunder wöödt och passe,
Ne Bougoloise met vill Jeschmack,
Odder doch e Jlas voll Schampus,
Wann ich mih Köfferche jepack?

Et letzte Jlas, dat muss mer schmecke,
Wat donoh kütt ess unjewess.
Mem Jlas Schabau, randvoll bes bovven,
Löhch ich entspannter en der Kess.

Et weiß jo keiner, wat donoh kütt,
Wä aan der Himmelspooz dann wadt.
Villeich steit do e Pittermännche?
Dat zor Bejrößung wör nit schadt.

Denn ...

Mi letz Jlas, dat muss e Kölsch sin,
Fresch vum Faaß un jot jezapp.
Dat op der Zung om Wäch zoröck
Wör minge Wunsch, hoff', dat et klapp!

Wie süht der Sommer us?

Wann ich der eschte Klatschmohn sinn,
Un Koonblome em Himmelsblau,
Majaritte, Sonneblome,
Leich üvvertrocke met jet Tau,
Kütt de Erennerung zoröck
Aan Sommerdäch un Puutejlöck.

Lauf üvver Wiese saftich jrön
Voll jääler Botterblomepraach.
Us Jänseblömcher selvs jeknuv
Ne Kranz em Hoor am Sommerdaach.
Ich lore jän der Wäch zoröck;
Ming Puutezick, wärm un voll Jlöck.

Mem Blößje Brause en der Täsch,
Op der Hand Salm'jakpastille,
Su ha'mer op der Stroß jespillt,
Uns Freiheitsdrang wor nit zo stelle,
Wie met de Rollschohn mer jejöck,
Kapodd'ne Kneen, ävver voll Jlöck.

Dat Iespöppche wor ne Jenoss
Met ner Jlasor us Schukelad.
Vum Nohberschbaum Äppel gekläut,
Dat jov en wunderbare Taat.
Ich jünne mer dat Stöckche Jlöck,
Ming Puutezick kütt koot zoröck.

Doch levve dunn ich he un jetz,
Un he ess allerhands su mangs.
Ben neujeerich op dat, wat kütt,
Ovschüns ich mänchmal hann jet Angs.
Dröm, dät ich av un aan jän tuusche,
E Stöck vum Jester jäjen't Hück,
Doch em Momang jeneeßen ich
De Sommerzick, der Hervs kütt flöck.

Wat driev dich?

Wie jeit et deer ahle Vatter Rhing?
Ich stonn jän bei deer am Ufer
Un loren deer zo.
Hück deit dich et Huhwasser drieve,
Drieve...wohin?
Zo dinger Mündung en et Meer!?
Vun Kölle us ess dat noch ne wigge Wäch,
Ävver, wann do Huhwasser drähs,
Jeit et jet flöcker.

Mänchmol, mänchmol dunn ich dich beneide.
Mänchmol, mänchmol frogen ich mich:
Wat driev dich esu?
Lies do dich jän drieve?
Ich jläuven: Jo! Dat ess ding - uns kölsche Aat.
Mer hann all su ne Loßmichjonn en uns,
Un do bess ne jroße Deil vun uns.

Villeich ess dat di Schecksal, eifach ze drieve.
Villeich wees do och jedrevve?
Ävver vun wäm?
Ess doch ejal, do allein häss die Wahl.
Mer süht, et määt deer Freud.
Et wöhlt dich op, et määt dich aan,
Ding Welle schlon Kuckelebäum.
Wä Jlöck hät, dä weed vun deer metjenomme,
Wä do nit ligge kanns, dä muss am Ufer blieve.

Ich stonn jän bei deer am Ufer
Un loren deer zo,
Un loren deer noh.
Et wöhlt mich och op, et määt mich och aan.
Wöödt jän e Stöck met deer drieve,
Eifach esu.
Villeich bes aan ding Mündung?
Ov ich mich do wohlföhlen dät?
En koote Zick, jo,
Ävver dann köm et Heimwih.
Ich mööt ehsch ens lihre losszeloße,
För irjendwo neu aanzekumme.
Neu aanzekumme...
Tschüss ahle Rhing, loss dich drieve,
Och ohne mich fingks do dinge Wäch.
Hück weiß ich,
Ich ben allt zick Johre aanjekumme.

Rapunzel en Kölle

Uns Altstadt, wie em Märchebohch
Hüüsjer aan Hüüsjer aanjebaut,
Mer meint, se däten he us Leev
Em Ärm sich halde, jot jelaunt.

De Finstere met jrön, ahl Lade,
De Rutte blingk ov blank poleet,
Spetze Jivvele wie Mötzjer
Met Kaminbömmelcher verzeet.

Om schmale Finsterbrett stonn Käßjer,
Ne eije Plaaz hät jede Blom.
Vum Rhing der Döff krüff en de Nas.
Dump tönt de Jlock vum huhe Dom.

He kritt mer Loss sich fottzedräume
Wie Puute en et Märcheland,
Dann süht mer us dem Jivvelfinster
Rapunzel winke met der Hand.

Hööt vun dobovve leis et rofe:
„Komm erop, he, pack ming Hoor!"
Mer jläuv, dä Luffzoch allt zo spöre,
Deit jriefe, doch kei Hoor ess do.

En ahl Döör lädt en zo lore,
Wat sich dohinger wal verstech,
Off ess et en kölsche Weetschaff
Rustikal met blanke Desch.

Öm de Kirch Jroß Zint Mäte
Hät mer versohk, met vill Jeschmack,
Modän ahl Hüüsjer nohzobaue,
Un wie mer süht, et hät jeklapp.

Breit un klor ess et jewoode,
Jroßzöjich, nit janz wie et wor,
Hell un huh voll buntem Levve,
Ävver nit jeder kütt he klor.

Weil zom Dräume fählt de Wärmde
Vun scheife Jivvelcher am Strom.
Der Döff vum Rhing – bloß noch ze ahne,
Dat, wat bliev: Mer hööt der Dom.

Doch wann do mööchs Rapunzel treffe,
Lauf dohin, wo it allt ens wor,
Denn en modän huh Jivvelhüüser
Hät mer nen Opzoch, bruch kei Hoor.

Jangk nohm Hänneschen

Vers 1
Jangk nohm Hänneschen, jeneeß dat Poppespill.
Zwei Stund laache, dräume, dat jitt deer su vill.
Op die Pöppcher, die us Holz,
Do ess jede Kölsche stolz.
Jangk nohm Hänneschen, jeneeß dat Poppespill.

Vers 2
Jangk nohm Hänneschen un föhl dich wie ne Panz.
Sing met dä Pöppcher un freu dich, dat do dat kanns.
Wann et Köbesje, dä Poosch,
Kläut vum Präsident die Woosch.
Jangk nohm Hänneschen un föhl dich wie ne Panz.

Bridge:
Jeit dä Speimanes dann op Jöck,
Mööch en de Welt erus.
Der Besteva wünsch em vill Jlöck,
Et Rösje wadt Zohuus.
Dann wesse mer, et do't nit lang,
Weil koot vörm Engk vum Stöck,
Der Speimanes Heimwih kritt,
Noh Kölle kütt zoröck.

Vers 3
Jangk nohm Hänneschen, do ess noch heile Welt,
Un wann et Zänkmanns-Kätt met frescher Schnüss verzällt,
Jonn die Pöppcher all janz leis
Met jedem kölsche Hätz op Reis.
Jangk nohm Hänneschen, do ess noch heile Welt.

Ich spillen jän der Clown

Ich bränge jän met vill Pläseer
De Minsche aan et Laache.
Zeich, dat uns Äd, die e Jeschenk,
Hät jot un schläächte Saache.
Ben Zirkus- odder Lappeclown,
Jrad wie de Lück mich welle,
Su'n Roll mer selver jot jefällt,
Ärch jän dunn ich die spille.
Ich kann met minger Knollenas
Un minge bungke Pluute,
Uns jrau, kahl Welt verzaubere,
Sin et och bloß Minutte.
Un wann ne ahle Minsch vör Freud
Verjiss, wat en bedröv,
Weiß ich, ich maachen dat su lang,
Bes mich der Herrjott röf.

Doch hinger de Kulisse,
Janz ohne Pürk un bunter Klör
Ben ich bloß „Minsch", un stellt üch vör,
Och dat mööch ich nit messe.

Ohne singe läuf nix

De Sonn ess hück allt fröh zo sinn,
Wick op sin Döör un Finster,
Blömedöff krüff en de Nas.
Ich mein, et rüch noch Jinster.

De Jardinge hann Pläseer,
Dat laue Windche brängk jet Schwung,
Fedderleich dunn se sich weje.
Jän wör ich jetz noch ens jung.

Us dem Radio die Schlager
Passe zo däm Sommerdaach,
Un ich fangen aan zo singe
Laut un falsch, dat ich selvs laach.

Mer ejal, jeneeß' de Sonn.
Säht mer nit, singe määt frei?
Wundere mich, dat su ne Daach
Mich inspireet zo mäncherlei.

Dunn et Köcheschaaf poleere,
Läje ming Kledaasch parat,
Wann dat Wedder esu bliev,
Maachen ich domet jet staat.

Jonn jetz ohne Strümp spazeere,
Laufen eröm op bläcke Föß,
Jünne mer et ehschte les,
Fünf decke Bällcher, lecker, söß.

Jot, e paar Pund, die müsse fott,
Et Winterspeck hält sich noch fass.
Doch ejal, et schmeck noh Sommer,
Hück verdirv mer nix der Spass.

„Singe, wem Gesang gegeben",
Hät mer bei meer och draan jespart.
Mänchmol treffen ich der Ton,
Un eijentlich klingk et apaat.

Föhle mich leich wie en Fedder.
Och decke Feddere dunn fleje.
Met „wann de Sonn schön schingk"
Dunn ich jeneeße, nit bewäje!

Mänchmol jitt et Dräum

Mänchmol jitt et Dräum,
Die ze levve niemols klapp.
Mänchmol jitt et Dräum,
Die allt platzen op der Trapp.

Un et Levve weed dodurch jet ärmer,
Weil et Hätz ohne die trorich weed.
Doch op eimol, do hööt mer e Rofe:
„Fang jetz aan, morje ess et ze spät."

Ich hätt nie jedaach,
Dat ne Draum wöödt doch ens wohr.
Doch su met der Zick
Woodt et meer janz eifach klor:

Nor ich selvs kann ne Draum meer erfölle,
Un allein maat ich mich op der Wäch.
Noh un noh komen dann de Enfäll,
Un sidd ihrlich, die sin doch nit schlääch!!!

Ich hätt nie jedaach,
Wat met Mot mer wirklich schaff.
Hann jetz ehsch jemerk,
Dräume jitt einem och Kraff.

Un jetz stonn ich bei üch op der Bühn he
Maachen hück met üch all en klein Reis
Durch mi Kölle, ming Sproch, durch et Levve,
Dat ess herrlich, su schlüß sich dä Kreis.

Ich hätt dat nie jedaach,
Dat dä Draum wöödt su flöck wohr...

Och dat noch –
Zom jode Schluss

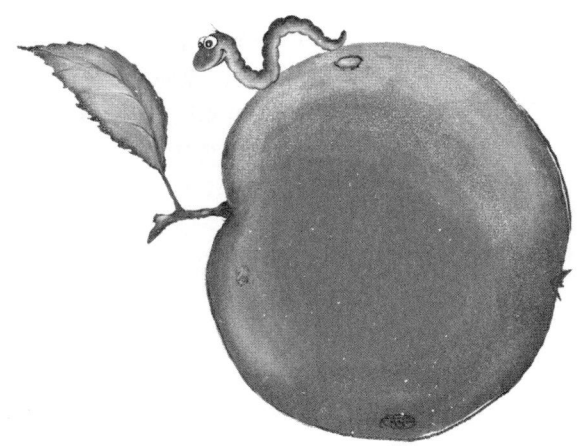

Wä ov wat ben ich eijentlich för dich?

Der Herrjott fröhch:
Wä ov wat ben ich eijentlich för dich?
Wat soll ich deer dodrop sage??
Do bess för mich
Dä rude Faddem, dä sich durch mi Levve trick,
Dä sich och allt ens op- un avrollt.
Immer kunnt ich dat nit vun deer sage.
Domols, domols kunnt ich met deer nit vill aanfange.
Ich hatt dich jar nit bemerk.
Secher, do wors allt immer
Irjendwie en minger Famillich aanjekumme.
Mer hann och vun deer jesproche.
Mänchmol woodt vun deer als Herrjott verzallt,
Mänchmol, wann et nit esu drängen dät,
Reefen se dich „leev Herrjöttche",
Mänchmal, wann jet passeet wor,
Heeß et „Do leever Jott".
Wann et jet met der Kirch ze dunn hatt, wors do Jesus.
Leev Herrjöttche hät mer immer et bess jefalle.
Su janz ohne dich wore mer ihrlich nie.
Met der Zick kom ich deer immer e Stöckelche nöher,
Un su noh un noh woodts do minge Vertraute.
Keine, dä mer sinn,
aanrofe ov met däm mer maile un „äppe" kann,
Ävver eine, met däm mer av un aan,
Wann nix mih jeit, spreche kann.
Do kanns jot zohöre, un do jiss kein Widderwööt.
Un hück erkennen ich dich off en Minsche,
Die mer bejäne.

Zick kootem sin mer zwei per „Do".
Ich hann deer dat eifach aanjebodde,
Och wann do eijentlich vill älder bess als wies ich.
Jetz bess do minge jroße Fründ,
Un Fründe ka'mer noch mih aanvertraue.
Ich verstonn dich immer besser,
Och wann do nix sähs.
Et rick mer, wann ich weiß, dat do do bess.
Saach, wie föhls do dich als minge rude Faddem?
Wann et deer besser jefällt, et künnt och ne rut/wieße sin.
Meer all sin Kölsche, do och!

(Nach einer Idee von Waltraud Weiß)

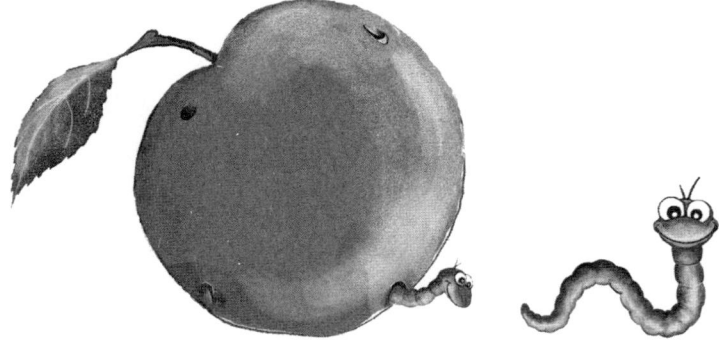